민영 시선집

# 달밤

민영 시선집

# 달밤

황현산 · 정호승 엮음

창비

　시를 쓰기 시작한 지 50년이 지났다. 부산 피난시절에 노동을 하며 쓰기 시작한 글인데, 그동안 한눈팔지 않고 열심히 쓰려고 했으나 보시다시피 가을걷이가 넉넉지 않다.

　시는 나에게 지금도 외경스러운 예술이다. 원고지를 펴고 책상 앞에 앉을 때마다 무엇을 어떻게 써야 할지 아득한 느낌이 들 때가 많다. 그럼에도 내가 시를 외면하지 못하는 것은 그 속에 내가 살아온 한 시대의 얼굴이 담겨 있기 때문이다. 하늘이 내게 주신 시간이 얼마나 남아 있는지 모르지만 목숨의 불꽃이 다하는 날까지 시를 쓰려고 한다.

　이번 시선은 황현산 교수와 정호승 시인이 뽑아주었다. 그 노고에 감사하며, 또 오랫동안 나에게 글 쓸 자리를 마련해주고 격려를 아끼지 않은 창비사의 여러 벗들에게 고마움을 표한다.

2004년 10월

민영

**일러두기**

1. 『斷章』(유진문화사 1972) 『龍仁 지나는 길에』(창작과비평사 1977)
   『냉이를 캐며』(창원사 1983) 『엉겅퀴꽃』(창작과비평사 1987)
   『바람 부는 날』(한길사 1991) 『流沙를 바라보며』(창작과비평사
   1996) 『해지기 전의 사랑』(시와시학사 2001)에서 가려 뽑았다.
2. 제목과 본문 등은 가급적 원래대로 하고 명백한 오자만 바로잡았
   으며, 띄어쓰기는 현행 표기법에 따랐다.

# 차례

제1부

# 첫눈

오게, 누이여……
시방 하늘은 수묵빛
그 어두운 바람결에
흰 눈송이도 싸여 내리네.

그렇네, 사랑이란
결국은 그런 것,
아무 말 말고
아무 말도 말고,

몇 구만린지
저 어지러운 하늘길을 더듬어
이제야 땅으로 내리는 흰 눈송이와도 같이
오게, 어서 오게!

# 無依靑山詩

고독할 때면
들길을 걸어라.

걸으며 길섶에 핀 꽃일랑 꺾어도 보고,
겨울 한밤의 난만한 별빛
그 꽃으로 花冠도 만들어 써보며,
갈잎일랑 뽑아 피리도 불어보라.

그리고
한 소리 높이 소리쳐 불러보라.
── 靑山이여,
때묻은 자락 하나 걸친 것 없으나
우리들의 모습은 얼마나 멋들어지냐!

그리하여 그 소리
아득한 靑山에 입맞추고
되돌아와 네 앞에 餘韻할 때,
비로소 눈물일랑 흘려라.

# 이승과 저승

언제부턴가,
水晶으로 빛나는 별빛 한점을
내 저승의 모습이라고 생각했네.
불꽃으로 파열하는 석류씨처럼

그 별이 떨어질 때, 비로소 나는
오랜 나그넷길에 지친 몸을
호롱불 아른거리는 주막집 마루방에
누이리라 생각했네.

그 언제부턴가,
바닷가 가파른 벼랑 위에 핀
진보랏빛 도라지꽃 한송이를
되살아난 내 이승의 모습이라 생각했네.

머리카락 날리는 바닷바람은
꽃대궁을 흔드는 새벽 찬 바람

서녘으로 떠나가는 구름발처럼
海燕의 울음 따라 떠나가려네.

.

# 그날이 오면

가난하면
가난한 대로 살라고 하셨네

외로우면
외로운 대로 살라고 하셨네

여름날 지붕 위의
박꽃처럼

초가을 울타릿가
호박꽃처럼

볕 따슨 날에도
웃음 좀 웃고……

날 궂은 날에도
웃음 좀 웃고……

그 박꽃 머리 위의
흰 구름처럼

그날이 오면
당신께로 오라 하셨네.

# 아내를 위한 자장가

아내가 몸져 누운 머리맡에는
알루미늄 주전자가 끓고 있었다.

아내 아내 아내여, 가엾은 아내
나흘 밤 나흘 낮을 꼬박 새워서
나흘 낮 나흘 밤을 열에 들떠서
아파서 할딱이는 너의 숨결은
쉬임없이 끓어 넘는 주전자 같구나
빈 들을 달리는 기관차 같구나.

하지만 이 밤에는 잠이 들거라.
꽃밭 아닌 내 가슴에 머릴 묻고서
옛날도 그 옛날 먼 숲속에
난쟁이 일곱이 사는 집에서
의붓어미 시샘에 꽃처럼 져간
눈부시게 어여쁜 공주님처럼!

그러다 따뜻한 봄이 오거든
나뭇가지 가지마다 꽃이 피거든
아내여 아내 아내, 어여쁜 아내
꿈속에서 깨어나듯 피어나거라.

# 靑蛾

고요히 저무는 어느 노을 무렵
호올로, 낡은 책상에 이마 고이고
머언 옛날 한 그리운 이의
남기고 가신 노래들을 줍고 있으려니,

홀연, 열어젖힌 유리창 너머
하야니 바래는 暮色 속으로
어느 그윽한 나라 예스런 나인의 걸음맵시로
파아란 꽃잎 하나! 가벼이 날아듦을 보아라.

이는 꽃잎 아니라, 오 눈부신 나래의 靑蛾!
바람 부는 사바의 어느 항구에서 밀려왔음즉
이에 기도 넋도 모두 지쳐
書架 위에 머리 부딪고 쓰러졌느니!……

落魄이여, 내 이제
소리 잊은 無絃 위에 너를 뉘우노니

봉황이 새벽을 홰울량이면
깃 털고 훨훨 날아가거라!

## 바둑 엽서

烏鷺 雅兄!
요즘 나는 별 하는 일도 없이 지냅니다.
낮에는 낮대로 事無閑心,
사랑마루에 번듯이 누워
마당 구석에 초롱초롱 불밝힌
水菊꽃이나 바라보다간,
또 밤이면 밤대로 호롱을 끄고
소쩍새 울음에 귀를 기울입니다.
麥秋 무렵이라
들판에는 왼통 푸른 보릿잎이 출렁입니다만,
어쩌다 밭둑에라도 나가 흙을 만질 요량이면
내 손톱이 깨끗한 걸 농부들이 웃는군요.
그래, 오늘은 하는 수 없이
이웃집 개구쟁이 하날 데불고
明洞 아니면 鍾路의 어느 어귀에서
형과 마주앉아 바둑을 두는, 그런 심사로
땅바닥에 금을 긋고 고누를 둡니다.

밤하늘이 맑습니다.
무수한 星座가 반짝이는 그 무궁한 바둑판을
신들린 듯 바랍고 있노라면
참, 생각나는군요 ─ 지난번 대국 때
하필이면 나의 大馬가 왜
형의 보잘것없는 軍勢에 몰렸었던가를!

# 五歌

## 1. 보릿고개 노래

티검불 한점없는 너븐마당엔
앵두꽃 두세그루 떫은알맹이
새파란 달빛감은 벗은계집애

나긋한 보릿잎 반짝흰이슬
상큼한 눈초리 내매서움과
대낮의 허깨비 窓紙빛찔레

보릿고개毒올라삼삿은밤눈에는
찔레오믄것이쌀밥보다香하더라

동구밖 겉늙은 행상집에선
끼르륵 눈깔먼 餓鬼의소리!

## 2. 들판歌

이대로 가랴……이대로 가랴
이대로 이대로 가란 말이냐
肝 씹어 곤지바른 불여우 캥캥
이대로 이대로 가란 말이냐!

들판은 짜악짝 목마른 새암
출렁이는 가슴팍 피가 타는데,
가다가 지치면 쓰러나지랴
불달은 바위 위에 주리를 틀랴.

개가죽 지글지글 비릿한 바람
곪아 터진 軟柿알 느글대는데,
이대로 이대로 가란 말이냐
산마루에 스러지는 연짓빛 노을!

3. 광대歌

아비의 모습을 뉘 알리야
어미의 모습은 찌푸린 하늘
흐렸다 말짱 노랑돈 세 푼
재주 한번 발딱 맨드라미꽃.

달밤이면 키득키득 꽃잽이놀음
石榴알 입맞추고 꼬집다 품에 안고
죽여라 날랜 匕首 재앙스러워
자루째 털어서 사랑을 산다.

어미의 쌍통은 꿈결의 노래
아비의 쌍통은 아슬한 별빛
世譜의 멋진 나비놀음에
썩은 피 괴어 핀 핏빛 뻐꾹채!

## 4. 新각설이

불타는 놀하늘 해 떨어진 이곳은
바람쓰린 南蠻의 어느 장거리,
허위허위 마지막 단벌 누더기
피에 주린 염통을 흔들어 판다.

요렇게 눈매엔 웃음 바르고
분칠한 꽃잎 입술에 물고,
그래도 덜 핀 오랑캐꽃이라면
암여우 화냥여우 춤을 추랴?

뒹굴어 月傷한 핏빛 침상엔
참숯불 褥에 젖은 새빨간 노래
하찮이 구르는 먼지 낀 세상
錢袋를 흔들어 값을 치러라!

## 5. 飢雀燔呪歌

이빨이 저려서 못 씹겠더라
부릅뜬 눈알은 피어린 구슬
비뱃종 뱃종 쭈르르 쮸우
소름쳐 망울 단 동백꽃가지.

다소곳 고개숙인 복사꽃 모습
버들피리 흙먹은 幼童의 울음
삐이찌룩 필릴릴리이 재앙스러운
진달래 꽃이파리에 지는 눈물.

돌맞은 능구렁이 등허릿길로
피에 젖은 치마꼬리 계집은 감고
나발부는 질항아리 젊은놈 노래
궂은 바람 날선 송장의 낯짝.

비뱃종 까르르르 벨이 끊여도
─ 원통아!
비 맞아 나른한 봄새는
불 먹고 숨이 져 운다.

# 道程記
아비는 종이었다


### 1

沙浪地에서 은 닷냥에 팔린 몸이
井邑장에서는 금 두 돈 값에 팔린 몸이 되었다.

南海 荷衣섬으로 간다고
삼삼오오 고랑을 차고 걷는데,

이글이글 뙤약볕은 잔등이에 악물려 살을 지지고
살갗 저민 채쩍으로 奴主 길을 재촉는 날,

불모래 딛고 가는 발바닥엔 피가 절였다.
— 어서, 어서 가자!


### 2

어디메뇨, 이곳은?

벌떡 일어나 사방을 둘러보면
펄럭이는 파창으로 狼星 한 줄기 교교히 비추이고
밤은 이슥히 깊었는데,
꿈에 뵈던 처자도, 호박꽃 핀 故家도
없고 — 머언 海壁에
포랫치는 바닷소리!

피멍든 가슴팍에 산산이 부서진다.


   3


새벽 찬 별빛
머리카락 적시고


모래밭에 내린 이슬
발부리로 굴리며

정처없는 逆旅의 길
오늘도 떠나려니

萬里 모래펄엔
그늘 한점 없고

번쩍이는 黃砂빛
어지러운 눈알

가슴팍엔
철렁!

찬
핏소리.

4

울타리 너머로
푸른 물결 넘실대는 바닷가 주막에
빨간 남폿불이 켜지고,

계집은 꿇어앉아 안주를 찢고
뱃놈 셋
막걸리를 마신다.

─그래, 그년이 어디로 갔간디?
술바람에 火鬼처럼 상기된 사내가
말을 꺼내니,

─상기 飛禽에 있대여.
고동빛 털가슴한 사내가
말을 받았고,

—마주쳐만 봐라, 그년의 배때기를!……

갓스물일까? 달덩이같이 맑은 眉目의 그중 어려 뵈는 사내는

環刀머리 쥔 손을 부르르 떨었다.


새하얀 날섶에 새파란 소름

窓밖에는 사르르름

동백 꽃소리…….


    5


그 누가 알았으랴?

날쌘 제비도 30리에 떨어지고

사나운 얼룩범도 90리면 기진한다는 飢渴의 모래펄에,

5리 밖 주린 코에 싱긋이 누룩내 풍겨오더니

지붕 위에 둥둥 박이 열리고

뒤꼍에 솟는 샘물 肝 절이는
저승길가 오막 같은 주막 하나 있음을.

酒母할멈 파뿌리는 일흔을 헤아리는데
무릎 위엔 외톨이 손자놈이 하나
제 아빈 줄 알았는지, 人 그리움에선지
그 뉜 줄도 모르고
마구 품에 안기느니!……

오냐, 이같이 끌어안는 너도 나도
바람 따라 밀려가는 뜬구름 조각
두 마리 짐승처럼 쓸어나 안자,
날이 새면 떠나야 할 인연을 울자!

# 늦겨울 바다
### 李姓敎에게

시방도
그런 데가 있던가?

城밖 동네
위스키 시음장
朱紅 문을 밀고 들면
30촉 전등
계집은
시든 꽃처럼 웃고,
막소주에 물감 친
술 한잔 앞에 놓고
거나한 친구
늦겨울 바다……

친구여, 아직도
그런 데가 있던가!

# 菊花

평생을 마친 다음,
그 손바닥 위에
몇줄의 詩가 남는다면,
그것으로 족하다는 詩人이 있다.

오늘,
서리 내린 들에는 가을이 지고
겨울은 분합을 열어
素服으로 내리는데,

잠 못 이룬 한밤넬, 나는
피가 식어 티끌 진 뒤 남을
몇줄의 詩를 생각는다.

혼란히 꽃진 빈 뜨락을
熒熒 불밝힌
순금의 燈!

# 曠野에서

그 잘 익은 보리밭에서
이스마엘이여,
자네가 올 곳은 못 되네
이 벌판은—.

허물어진 神殿에
파충은 기고,
나무밑을 헤갈대는
戰士의 넋.

그 뚫린 눈구멍엔
匕首의 불빛
호롱을 꺼버리면
1억 톤의 壁.

맨살에 가죽 댄
바람의 아들,

이스마엘이여
올 곳이 못 되네, 이 벌판은!

# 달빛

哭, 白凡


이 뻑다귀 속에
흐느적거리는 것은
달빛뿐이네.

한때, 梅花의 神은
이 笛ㅅ대 속에
궁궐의 터를 닦았지만,

사십년의 종살이와
스무해의 買辦은
그 향기의 다락마저 불태워버렸네.

이 새벽,
어지러운 昨醉에서 눈을 떠보면
대숲을 울리는 地靈의 소리

―안된다, 안된다, 안된다!

살아 있네,
그 달빛만은 ─ .

# 다시 曠野에서

不死鳥라도, 강철의 불사조라도
이곳까지 날아오려면
세 방울의 피는 흘려야 하리.
주리튼 十字木에 유황불 타고
꽉 막힌 사방의 어둠을
허무한 메아리가 난타할 뿐,
소라껍질 속 후미진 迷路로도
가득 찬 이 음향을 잡을 순 없네.

저 크나큰 頻死의 낙타
불모의 잔등이에 올라보아도,
바늘구멍으로 暗射된 지평에는
공기의 꾸겨진 빨래만이
능욕당한 백조처럼 파닥이고,
불에 탄 검은 바위틈
바닥난 河床의 모래톱 속에서도
피어나는 화살은 찾을 길 없네.

오, 한때 이 광야에도
우람한 神의 城 빛의 용광로
생령의 반딧불 찬란했건만,
대낮의 어둠 그 빛 삼키니
함몰된 橋脚 벼랑에 눕고
穴 안으로 투신하는 눈먼 나비떼,
어디 있는가? 우리를
지탱해줄 절대한 力士!

실체 없이 우뚝우뚝
허깨비로 솟은 極光의 거리에는
길 잃은 마파람 날쌔게 솟구쳤다가
꿰뚫린 새같이 기진해 떨어지고,
우물에 매달린 小亞細亞 계집은
쉰 나라 말로 죽음을 찬미할 뿐,
뱃전에 부서지는 레테의 뱃노래
텅 비었구나! 이 벌판은─.

# 斷章

외로울 때는
눈을 감는다,
바람에 삐걱이는
사립을 닫듯…….

목마를 때는
돌아눕는다,
눅눅한 바람벽에
허파를 대고…….

하지만, 內燃의 피
毒이 되어 거꾸러질 땐
뜨겠다, 죽어도 감지 못할
새파란 눈을!

# 별빛

쫓겨가는 자를 생각한다.
타오르는 불 가슴에 안고
캄캄한 들녘에서
외치는 자를.

쓰러지는 자를 생각한다.
무릎과 정수리에 대못을 맞고
시든 뿌리 밑에
거름 되어 묻힐 자를.

안개가 숨통을 쥔
시대의 암흑 속에
사그라져가는 마지막 별빛!

그 명멸하는 須臾의 빛을
전신의 피로써
사랑한다.

# 示威

저 밀려오는
潮水를 듣기 위해, 나는
이 갑판 위에 서 있네.

죽음은
마스트 뒤에서 웃고 있지만,
그에게 답례할 예절이 내겐 없네.

손이 비었다는 건
허전한 노릇,
허나 비굴한 일은 아니지!

다만 심중에 두려운 것은,
羅針이여!
그대의 눈먼 磁力뿐일세.

# 풀빛

비 오는 날엔
섬이 운다.

西歸의 돌무덤에
타오르는
풀빛.

이승의 새벽이
한꺼번에
무너진다.

# 폭포

눈 감으면
들려오느니 마파람소리.

벼랑에서 굴러내린
잔설빛 망아지가
地歸島로 달려간다.

동백꽃
한송이를
갈기에 달고…….

# 商調

겨울이 왔네
살얼음의 날〔刃〕
아으 썰매도 없는…….

어찌 살꼬
뚫어진 가죽
아으 朔風苛烈!

# 답십리 1

땅거미 지면
거나해서 돌아온다
양 어깨 축 늘어진
빨래가 되어.
새벽에 지고 나선
靑石의 소금짐은
발끝에 채이는
돌멩이만도 못하구나!
촬영소 고개 너머
十里의 불빛
중랑천 둑방에는
낄룩새 운다.

# 病

아픔이 늘
떠나지를 않는다.

뼈마디 속에 숨어서
살을 우빈다.

바람 불고
비 내리는 날,

거덜난 몸뚱이에 남은 거라곤
이것뿐이다.

안에서 밖으로 내쏘는
克己의 화살!

## 滋雲에게

한 이별이 우리 앞에
떨어져내린다
날개 달린 돌이다, 그대는 ─ .

그 떠남을 배웅하러 가는 길에
가랑잎은 곤두박히며 흐느끼고,
매정한 바람은 계절을 휘갈겼다.

그렇다, 찬란히 밝아올
華嚴의 빛마저 등지고,
마른풀 냄새조차 훑어버린 채

어디에 머흘고 있느냐, 구름아!
앞서 가 기다리련다고?
알겠다, 때가 오면 우리도 떠나리니…….

# 대조롱 터뜨리기

당산학교 운동회날
대조롱 터뜨리기 하는 걸 보았다.
장대끝 매달린 대조롱 속에는
비둘기 한마리가 들어 있었다.
아이들이 제기로 조롱을 치면
찢어진 거죽을 뚫고 비둘기가 날아오르기 마련.
비둘기는 평화의 상징
그래서 아이들은 손뼉을 치며 좋아했다.
(전날 밤, 그 속에 갇힌
비둘기의 불안은 헤아리지도 못하고!)
네 기쁨은 내 아픔 위에 세워진다.

# 龍仁 지나는 길에

저 산벚꽃 핀 등성이에
지친 몸을 쉴까.
두고 온 고향 생각에
고개 젓는다.

到彼岸寺에 무리지던
연분홍빛 꽃너울.
먹어도 허기지던
三春 한나절.

밸에 역겨운
可口可樂 물냄새.
구국 구국 울어대는
멧비둘기 소리.

산벚꽃 진 등성이에
뼈를 묻을까.

소태같이 쓴 입술에
풀잎 씹힌다.

# 비 오는 날

窓을 여니
갈치장수 외치는 소리가 들린다.
— 갈치 사아려, 가알치!
목소리도 젖어 있다.

문득, 네 모습이 떠오른다.
四角으로 잘린 창틀에 매달려
회오리치는 빗발 너머
구름을 바라보던…….

빗줄기가
바람을 몰고 온다.
— 갈치 사려, 갈치 갈치!

탁!
직각으로 무너지는
一끗의 꽃.

# 西埔頭에서

抗拒하는 몸짓 하나로
이 바다는 이룩되었다.
수평 잃은 갈매기는
바람에 휘몰려 허위대지만
물결은 방파제에 부딪처
人爲를 초월한다.
유황불 토하며 토하며
아우성치는 파도.
물머리에 어지러운
계집 새끼들의 떼울음.
산에서 대지르다가
철쭉꽃밭에 숨진 사내들.
검은 바윗등 베개하고
나자빠진 가슴패기에
멍쿠술랑* 열매가 흩어진다.

* 제주의 산야에 자생하는 나무 이름. 방언이다.

# 층계참에서

너만이
내 위안이다, 이제는.

잠 못 이룬
腦髓 한복판에
바늘을 꽂는
너.

울컥쿨컥
거세게 고동치는
피의 터빈에
쐐기를 박는
너.

고통의
마지막 층계참에서
방아쇠를 당기는

一擊의 황홀!

너만이 내 구원이다,
이제는…….

## 儀式 1

숫돌 가는
소리가 들린다.

풀숲에는
벼락맞은 나무가 타고,

床돌 위에 번쩍이는
새파란 소금.

어디 숨어 있느냐
검은 羊아,

피의 고름의
죽음의

이노센트!

儀式 2


흩어져야 할 것들은
다 흩어지고,
남은 것은 발톱과
머리카락뿐이다.

찌그러든 발뒤꿈치에
고인 늪물과
이맛전에 피어난
櫻血뿐이다.

하느님!

靑酸加里 풀어헤친
물굽이 너머
도끼눈을 뜨신
나의 주인장.

# 儀式 3


탕! 탕!

구멍에서
鉛火가 터질 때마다
벼랑 밑으로 흩어지는
피묻은 깃털.

사냥개는
꽁지에 바람을 달고,
산과 들에 번지는
凶凶한 불빛.

　─ 용사의 시신은 벌판에 누웠으되
그것을 거두어 묻는 자 없다.

# 불빛
樹話의 그림


돌아갈 때가 되었다.

山에서
호젓한 달이
날 부르고 있다.

예술은 불빛,
초가집마다 켜지는
희미한 紙燈이다.

안개 낀 브루클린 다리.
뼈에 사무치는
허망한 燃燈놀이.

돌아갈 때가 되었다.

# 彗星

아파 보채는 地球를 외면하고
미스터 김, 잠시 나는
저 無限空間의 어느 혜성에서 일어난
혁명의 소식을 수신하고 있습니다.

10억 광년도 더 되는 투쟁의 세월 속에서
뼈가 자란 불의 아이들은,
집요한 늙은이의 등쌀에 못 이겨
한번 가면 다시 못 올
外界의 어둠 속에 몸을 던졌습니다.

(그들이 사른 새빨간 피로
天涯의 한 자락은 황혼에 물들었지!)

미스터 김, 시방 그 별은
우리를 향해 오고 있습니다.
아이들의 投身으로 불꺼진 숯이 되어

三不의 원칙과 不可抗의 강령을
유령선 깃발처럼 꼬리에 달고
落下하고 있습니다.

# 崩壞

展望은, 날카로운 線과
육중한 面으로 차단되어 있었다.
窓은 무수히 열려 있으나
메시아를 위한 것은 아니었다.

퇴화된 돌숲에서 태양은 떠올라
苦惱의 용광로에 곤두박히고,
궤도에서 빗나간 遊星의 아들들은
白熱의 어둠 속에 길을 잃었다.

홀연, 不滅의 새 한마리 치솟았으나
공기의 사냥개가 목을 조이고,
죽지에서 떨어져나간 깃털과 피는
허공에 흩어져서 毒이 되었다.

이따금 東方에서 우뢰가 울렸으나
은혜로운 비는 묻어오지 않았다.

척박한 땅은 카인의 손바닥 피를 빨고
바람 잔 하늘 아래 種族은 시들었다.

靑盲의 한낮이다, 이 시간은!
재갈 물린 말들이 광야에 풀려나고
바빌론의 기둥이 바다로 무너질 때,
分解된 날개여, 하늘을 누비거라.

# 訥喊

어둠 속에 갇혔을 때,
내가 부른 이름은
꼭 하나였다.

덫에 치인 산짐승같이
코 뚫린 황소같이
눈알에 핏발 서고 가쁜 숨 몰아쉴 때,

내가 외친 소리는
한마디였다.

당신은 나에게 목마름을 주고,
그것을 무너뜨릴
노래를 주었다.

당신은 나에게 불을 주고,
그 불길 헤쳐나갈

얼음을 주었다.

당신은 나에게
칼을 던지고,
그 칼 튕겨낼 강철을 주었다.

마지막으로
당신은 생명을 점지하고,
그 생명 내칠 수 있는 용기를 주었다.

눈에 안 보이는 질곡에 매어
애타게 버둥대며 울부짖고 헤갈델 때,
내가 외친 그 한마디는

— 오, 나의 祖國!

제2부

# 海碑

한 접시의 홍어회가 열 사공의 죽음
을 떠올린다. 홍어는 피묻은 사공의
등골을 발라먹고, 사공은 혼신의 힘으
로 홍어의 잔등에 작살을 박는다. 이
相殘! 어디 있는가 우리들의 피안은.

# 달밤

흩어진 구름의 틈서리로
내비치는 달은 아름답다.
이 세상에서 제일 슬픈 사내 하나이
굴 찾아 돌아간다

— 이런 달밤에

# 수유리 2


저 이름 없는
풀포기 아래
돌멩이 밑에
잠 못 이루며
흐느끼는
귀뚜라미 울음.

# 노래 1

늙은 아내가
꽃 팔러 나간 다음
뜰에 노는 병아리에게
모이를 준다.

텃밭의 아욱아
빨리 빨리 자라거라
학교 간 어린것들
배고파 돌아온다.

# 무서운 집

모두들 잠들었구나
  (모두들 잠들었구나……)

들려오는 저 소리는
  (들려오는 저 소리는?……)

괴로운 꿈 속에서
  (괴로운 꿈 속에서……)

몸 뒤척이는 소리
  (몸 뒤척이는 소리!)

# 냉이를 캐며
귀염이 엄마에게


오늘은 언 땅의
냉이를 캐며
내 손톱이 여린 것을
서러워하네.

바람은 등에 업은
어린것을 후리고
몸 묶인 그이로부터는
소식이 없네.

바람아 불어라
쌩쌩 불어라
들판에 햇살 비쳐
새 울 때까지.

# 海歌

번철에 기름 두르고
이면수를 지지면
아으, 생살 타는 냄새
생살 타는 냄새.

어디선가 들려오는
목쉰 아우성,
물구나무선 바닷물에
난장치는 소리.

내 새끼 내놓아라
거북아,
내 계집 내놓아라
무쇠 거북아!

# 新太平歌

내 저 세상에 살 적에는
詩 한편 팔아도 술값이 안돼
저녁이면 컬컬한 목 달래다 못해
사발을 벌컥벌컥 들이켰느니라.

　아으, 태평성대
　높으신 은덕.

하지만 이 나라에 오고부터는
詩 한편 팔아서 집 한칸 장만하고
또 한편 팔아서 계집도 얻고
앞배 뒷배 두드리며 잘 사느니라.

　아으, 태평성대
　망극한 은덕!

# 四六歌

아, 귀밑머리 희끗희끗
사류 망통
이룬 것 없네
이 나이 이르도록.

거친 세상 수레바퀴
외로 돌건만
그 바퀴 바로 세워
굴릴 힘 없고,

붓 잡고 하염없이
床 앞에 앉아
여윈 손길 바라보며
휘파람 부네.

아, 타는 속 지글지글
사류 망통

어느 하늘 우러러
잘못을 빌까.

# 중랑천 1

해마다 이맘때면
아이가 빠져 죽는다.
허여니 버캐 이는 시커먼 감탕물,
물짐승도 숨죽인 독수 속에서
아이는 잉어처럼
불끈 솟았다가 가라앉았다.
철거민촌 장정들이
쇠갈고리 달린 끈을 던졌지만,
어느 용궁으로 빨려들었는지
아이는 밤 깊도록 나올 줄을 몰랐다.
달맞이꽃 핀 둑방에는
모닥불이 오르고,
공사판에서 달려왔다는 아낙은
돈이 원수라며 땅을 쳤다.

# 중랑천 2
이모집에서


아이가 껌팔이를 나간 동안
어미는 골방에서 고기를 팔았다.
상에는 마구 잡은 개다리가 나뒹굴고
소줏병 사이로 오동잎이 흩어졌다.
도로공사 발파장에서
팔 잃은 홍동이가 노래부르면
간장 공장에서 쫓겨난
수만이는 주먹을 휘둘렀다.
느닷없는 사내의 손에
요강을 타고 앉은 계집은
어맛! 소리를 질렀고,
자정이 가까워도
돌아오지 않는 아이 때문에
감탕질을 하다가도 귀를 세웠다.

# 중랑천 3
둑길에서

이 바늘끝 같은
겨울은 우리에게 무엇인가.
지난 봄 여린 잎 피어나던
둑에는 마른 풀대 서걱이고,
몸서리치는 갈잎 사이로
쫓긴 참새들이 날아든다.
길은 어디에나 있고
어디에도 없는가.
새들의 날갯짓 따라가면
무슨 하늘이 열리는가.
거성 입은 듯 성에 낀 중턱에는
움막집 한채.
내외는 돈 벌러 가고
어린아이 혼자서 집을 지킨다.

# 내가 너만한 아이였을 때
아들에게


내가 너만한 아이였을 때
늘 약골이라 놀림받았다.
큰 아이한테는 떼밀려 쓰러지고
힘센 아이한테는 얻어맞았다.


어떤 아이는 나에게
아버지 담배를 가져오라 시키고,
어떤 아이는 나에게
엄마 돈을 훔쳐오라고 시켰다.


그럴 때마다 약골인 나는
나쁜 짓인 줄 알면서도 갖다주었다.
떼밀리는 게 싫었기 때문이다.
얻어맞는 게 두려웠기 때문이다.


그러던 어느 날 나는 생각했다.
언제까지 이렇게 살아야 하나?

떼밀리고 얻어맞으며 지내야 하나?
그래서 나는 약골들을 모았다.

모두 가랑잎 같은 친구들이었다.
우리는 더이상 비굴할 수 없다.
얻어맞고 떼밀리며 살 수는 없다.
어깨를 겨누고 힘을 모으자.

처음에 친구들은 주춤거렸다.
비실대며 꽁무니빼는 아이도 있었다.
일곱이 가고 셋이 남았다.
모두 가랑잎 같은 친구들이었다.

우리는 약골이다.
떼밀리고 얻어맞는 약골들이다.
그러나, 약골도 뭉치면 힘이 커진다.
가랑잎도 모이면 산이 된다.

한 마리의 개미는 짓밟히지만,
열 마리가 모이면 지렁이도 움직이고
십만 마리가 덤벼들면 쥐도 잡는다.
백만 마리가 달려들면 어떻게 될까?

코끼리도 그 앞에서는 뼈만 남는다.
떼밀리면 다시 일어나자!
맞더라도 울지 말자!
약골의 송곳 같은 가시를 보여주자!

내가 너만한 아이였을 때
우리나라도 약골이라 불렸다.
왜놈들은 우리 겨레를 채찍질하고
나라 없는 노예라고 업신여겼다.

# 船艙에서

우리는 아귀의 피와
부레로 끓인 장국밥을 마시고
바다로 나아갔다.

때아닌 폭풍으로
조각난 유리거울 위에는
도둑갈매기 떼울음소리 요란하고,

걸레쪽처럼 찢어진 돛을 쏘며
번갯불 비바람은 요나의 고래
거역하는 자들을 삼켜버렸다.

바다에 죽은 육신에
작살 박고 입맛다시는 자들아
어디 있느냐?

이 밤에도 선창에는

물 흐르는 계집들 노랫소리 애잔한데,
미친 별 하나 아비를 찾고 있다.

# 俗謠調 1

누굴 믿고 안 가는지 몰라
장국밥집 금순이,
스물여덟 농익은 가슴이
한껏 부풀었네.

열일곱살 때 사귄 첫 사내는
총알받이 되어 월남에서 죽고,
스물다섯에 만난 두번째 사내는
중동으로 간 후 소식이 없네.

고향에선 늙은 부모 기다리건만
거미손에 쥐여줄 돈 한푼 없고,
밤마다 젓가락 장단 웃음 팔아도
느는 건 눈썹 밑의 주름뿐일세.

누굴 믿고 안 가느냐
장국밥집 금순이,

스물여덟 밤물결 머리가
불빛에 젖네.

# 俗謠調 2

그래, 우리들은
이렇게 늙어간다.
해가 설핏하면
쥐약 먹은 하늘.

막소줏집에 앉아서
젓가락이나 두드리고,
호랑이 같은 마누라
흉이나 보고…….

야구선수 영화배우
월드컵 얘기나 하고,
배불뚝이 공장장
불알 밑이나 긁어주고…….

그래 그래, 우리들은
이렇게 졸아붙는다.

애꿎은 담뱃불이나
우지끈 밟아 끄고.

# 鎭魂歌
가르샤 로르까를 위한


밤이었어요.
네 벽이 가로막힌 꿈의 상자 속에
당신이 나타났어요
……흰 옷을 입고.


음흉한 뱀이 휘감겨 있었어요.
피에 젖은 詩 한잎이 입에 물려 있었어요.
당신은 혁명의 굳셈과 새의 자유를 믿었지만
휘겡이의 칼날이 그것을 비웃었어요.


쿠룩쿠룩 투투툭 타타탕 쾅!


어디선가 검은 자동차 한대가 달려와 멎었어요.
브레이크의 파열음이 벽을 치받고
무쇠로 된 갈퀴손이 머리카락을 젖혔어요.


당신은 불을 토했어요.

아쟁의 울음이 바람을 끊고
펄럭이던 깃발이 땅에 떨어졌어요.
민중의 좌절 아래 짓밟힌 그 꽃!

잊지 않을 거예요, 우리는…….

# 北에 사는 막돌이에게

이 清明한 가을바람이
우리를 슬프게 하누나, 막돌이.

포화에 시달리고
위협하는 비행기 소리에 멍들던
우리들의 어린 나날.
이제는 그녘에도 쇳소리 그치고
아우성치던 증오의 물결 숨죽였느냐.

어쩌다 한마을에 살붙이로 태어나
한솥의 밥 먹으며 살아여러 했건만
총부리 마주 겨누고 싸워야 했던
가위눌린 그날의 일들이 꿈만 같구나.

아 그곳, 귀때미 벌에 심은
찰벼도 잘 익었느냐,
뒷나룻강의 냇고기도 잘 뛰노느냐,

반동강 난 금수강산 어느 곳에나
이 아침, 산들바람 불어와서 산들대느냐.

팔월이라 한가위,
풋밤 지고 장에 가시던 너의 아버지도
멧도라지 머리에 이고 뒤따르던
물간수집 달님이도
금석이도, 자근이도, 영필이도
모두 모두 잘 있느냐
새벽달이 질 때마다 보고 싶었다!

아, 어느 날 어느 구름 아래서
茶禮의 향불이라도 되어
다시 만나랴…….

# 凍天

저 얼어붙은
無限天空 위에서
곤두박혀 떨어져내리는
쌩쌩한 눈보라

그 어디메
새 한마리 날아가더냐?

# 수유리에서

돌에 새긴
이름

돌에 갇힌
아우성

아, 돌에 박힌
피!

# 봄눈

봄눈 내리네
겨울은 모로 누웠네

그대 허리에 찬
사슴의 가죽

물오른 가지마다
우뢰 터지네

# 에오르스의 竪琴*

바람이 분다,
동서남북 막힌 데 없이
해방된 하늘에서
바람이 분다, 눈물바람이.

뿌리박혀 떠나지 못할
억척의 땅,
네 연약한 몸뚱아리를
풀잎같이 흔들며

바람이 분다,
집 잃은 자의 竪琴
갇힌 자의 한숨소리
바람이 분다, 영어의 창 너머로!

* 바람만 닿아도 소리를 내는 하프.

# 바람歌

이제 바람 불면
떠나야 하네.
쓸모없는 염통일랑
떼어버리고
허파에 바람이나
잔뜩 퍼담고
동녘 東
서녘 西,
흔들리는 풀잎으로
떠나야 하네.

이제 비 내리면
떠나야 하네.
빈 속에는 막소주
개좆빛 하늘
농약 먹은 황새처럼
휘청거리며

남녘 南
북녘 北,
불빛 심을 나라 찾아서
떠나야 하네.

# 孔子의 개

개 한마리가 지나간다.
서울에서도 교통이 제일 복잡하다는
종로 삼가 세운상가 앞을
개 한마리가 느릿느릿
두리번거리며 지나간다.

개가 가려는 곳은
왕들이 죽어 나자빠진 종묘도 아니고
수많은 나인들이 풍악을 울려
한 남자의 정욕을 어루만져주었다는
비원도 아니다.
명륜동 어디에 있다는
선비들의 배움터인 은행나무 밑은 더더욱 아니다.

개가 가려는 곳은 어쩌면
안국동 고개 너머에 있다는 이름난
보신탕집일는지도 모른다.

(거길 가야 먹다 버린 뼈다귀라도 얻어먹지……)

하지만 개는 자동차가 미친 듯이 질주하는
대로를 건널 용기가 나지 않는다.
뱃가죽이 등에 붙고 울화가 치밀지만
무지막지한 개백정이 버티고 선
그 집으로 쳐들어갈 용기가 없다.

— 孔子의 개를 때려잡아라!

# 가을 초혼가

유세차 모년 모월
유난히 햇살 푸른 가을의 하루,
흩어진 생령들을 모으기 위해
바람 부는 들녘으로 뛰쳐나갔네.

피묻은 무명 저고리
장대 끝에 매어 달고
북망의 하늘을 우러르면서
잊혀진 이름들을 목놓아 부르네.

비바람 휘몰아치던 오월의 그날
시절의 아픔 여린 팔로 버티며
사시나무 떨듯이 온몸으로 떨다가
못다 핀 꽃으로 핀 꽃 어디 있는가?

아, 음습하고 어둡던 그 밤
뻗쳐오르던 줄기의 힘 무참히 꺾이우고

번갯불 칼날에 찢기고 또 찢겨서
허옇게 쓰러진 나무들 어디 있는가?

길섶에는 달맞이꽃 아련히 피고
기러기떼 남쪽으로 날아가는데,
간 여름에 쓰러진 어여쁜 넋들
불러도 소리쳐도 대답이 없네.

# 供養花

캄캄한 밤입니다.
어머님, 저는 지금 어디로 향해
치닫고 있는지도 모를 막막한 파도에 실려
한없이 떠내려가고 있습니다.
뿌리치고 온 아득한 국토에서는
피끓는 젊은이들 함성이 울려오고,
죽음조차 맞바라보는 결의의 눈빛 속에
이 나라의 새벽을 앞당기려는
세찬 몸부림이 전류되어 흐르고 있습니다.
저는 삶이 죽음보다 소중함을
모르지 않습니다. 그러나
수많은 벗들이 자유를 찾아헤매다
최루탄 연기 속에 사라져갈 때,
저도 제단에 바쳐지는 한 송이
공양화가 되리라 마음먹었습니다.
제 연약한 투신이 안개 낀 이 나라의 하늘을
하루 아침에 개게 하리라곤

생각지 않습니다. 하지만
이렇게 해서라도 완악한 어둠을 밀어내고
눈부신 새날을 끌어올 수만 있다면
저는 열 번이라도 망설이지 않겠습니다.
출렁이는 물 위에 길 잃은 별 하나
깜박이고 있습니다.
부디 제 불효를 용서하시고
모든 생령들이 억압의 발밑에서
풀려나는 그날까지
안녕히 계십시오, 어머니!

# 작은 소나무
김규동 선생의 회갑을 기리며

그것은
비바람과 눈서리
천둥 번개의 시절을
슬기롭게 견디며
시대의 벼랑 위에 우뚝 서서
깃발 흔들며 살아온
한 소나무의 생애였다.

그 나무
비록 체수는 작고
머리카락 희끗희끗 등은 굽었어도
가슴속에 품은 뜻 뜨겁고 세차기에
이순을 넘어선
신새벽 어스름 속에서도
소망의 흰구름 멀리 바라보며
미소짓고 있었다.

길 가는 사람들아
고개 들어 보아라,
여기에 바로 그 나무가 서 있나니······

우거진 가지와 잎은 숲을 이루고
발밑에 돋아난
젊은 나무들 앞에 서서
두려움 없이
뉘우침도 없이
패악한 겨울에 맞서서 싸우려는
작은 소나무
그 나무를 보아라!

# 손금歌

접어 보고
펼쳐 보아도
팍팍한 산길,
내 유랑의 大東輿地圖!

# 부활절

장소 : 종삼 뒷골목
　　　　쓰레기통 옆

아무데서나
철모르는 어린것
가슴에 안고
쓰러져
잠든
어미거지.

하늘에 영광
땅에는······

# 엉겅퀴꽃

엉겅퀴야 엉겅퀴야
철원평야 엉겅퀴야
난리통에 서방잃고
홀로사는 엉겅퀴야

갈퀴손에 호미잡고
머리위에 수건쓰고
콩밭머리 주저앉아
부르느니 님의이름

엉겅퀴야 엉겅퀴야
한탄강변 엉겅퀴야
나를두고 어디갔소
쑥국소리 목이메네

# 칠월 백중

칠월백중 절에가세
홀어머니 손을잡고

죽은아비 천도하러
달빛밟고 절로가세

이승에서 지은허물
저승갈땐 벗고가소

연잎위에 환생하여
극락왕생 하옵소서

# 장돌림

산이면 산 물이면 물
어디 아니 고향이랴

집 두고도 널 데 없는
이내 몸이 서러워라

오늘은 봉수 장터
내일은 찬우물 장터

바람 불면 바람 따라……
눈비 오면 눈비 젖어……

# 답십리 무당집

어미무당이 세상을 떠나자
열일곱살 난 딸이 그 뒤를 이었다.
어렸을 때 열병으로 눈이 멀었다는 딸무당은
얼굴 희기가 배꽃 같았다.
점치러 온 손님들이 바싹바싹 다가앉으며
낭자, 내 신수 좀 봐주슈 하면
딸무당은 안 보이는 눈을 꿈벅이다가
만다라화 봉오리 피듯 살며시 웃었다.
답십리 언덕배기 바람잡이 동네
卍자기 펄럭이는 토담집 하늘 위엔
늘 신령스런 구름이 머흘고,
뜰에는 늙은 대추나무가 한 그루
파랗게 익은 가을하늘을 떠받치고 있었다.

# 추석날 고향에 가서

들국화 핀
골짜기 길을 오르다가
구멍 뚫린 철모 하나를 보았다.

총소리와 함성이 뒤섞이던
삼십오년 전 그날
이 철모의 임자는 쓰러졌을까?

(술 한잔을
그 아래 부어놓고
가을 제사를 지낸다.)

이름 없이 죽은 전사의 넋이여
그대가 어느 편 사람이었든
상관하지 않으마!

아, 가을빛 짙은 철원 평야

억새풀 흐느끼는 옛싸움터에
오늘은 국경 없는 바람이 분다.

# 우렁이를 먹으며

이 무쇠갑옷빛 우렁이들은
그때 그 우렁이들의
몇대 손이나 될까?

전쟁의 수레바퀴가
내 고향 마을을 휩쓸었을 때,
봇물 속에 던져진 수많은 전사자들의
피와 살을 빨아먹고
미련스럽게 살이 쪘던 우렁이들.
마을 사람들은
송장 먹고 자란 우렁이의
씨를 말리겠다며
갈퀴와 그물로
봇물 바닥을 훑었었다.

먹을것이 없어서
산에 난 풋열매와 나무뿌리로

허기를 달래면서도
내 겨레 젊은이들의
피와 살을 먹고 큰 우렁이만은
한사코 안 먹으리라 다짐하며
짓밟아버리곤 했었는데,

삼십년이 지난 오늘까지
우렁이들은 새끼를 쳐서
이렇게,
우리들의 밥상머리를 한숨짓게 한다.

# 가을 소풍길

올해 나이 칠십으로
세상을 떠난 사촌형님은
낫 놓고 ㄱ자도 모르는 농군이었다.
그러나 마음만은 요순 때 백성 같아서
이웃들의 신망을 한몸에 모았었다.
날이 새면 논밭 갈고
해 지면 술잔 기울인 칠십 평생,
악착 같던 전쟁도 피 말리는 피난살이도
이 농군의 순후한 마음을
모질게 바꾸지는 못했다.
지난해 늦가을,
경작하던 모든 땅 남에게 내어주고
나 이제부터 허리 펴고 살려네 하시더니
마디 굵은 손에서 낫과 호미를 놓은 지 불과
일년도 못 되어 저승길을 떠났다.
天下善民 閔公之柩……
바람에 휘날리는 만장이 슬프긴 슬프지만

상여 뒤를 따라가는 나에겐 어쩐지
가을 소풍길만 같았다.

# 수정집에서

색시,
색시는 아주 먼 곳에서
온 것 같구려.
색시의 머리카락은
예맥의 솔밭 같고,
색시의 살갗에서는
초록빛 동해의 파래 냄새가 납니다.

미스나 아가씨 따위
그 흔해빠진 호칭을 젖혀두고
내가 굳이 그대를
색시라 부르는 것은
사랑하기 때문입니다.
색시의 몸에 깃든
그 원초적인 아름다움을,
대지의 딸다운 참하고 너그러운 품성을
미더워하기 때문입니다.

뼈에 사무치는 가난이 그대를
이 오욕의 거리에 내던져
돌이킬 수 없는 낙인을 찍었더라도
결코 낙망하거나 슬퍼하지 마세요.
그대 마음 속에 감추인
진달래꽃 사랑의 빛깔만은
그 어떤 무지막지한 힘으로도
지우지 못할 것이니,
태양이 그대를 외면하지 않듯
나 또한 그대를
외면하지 않을 것이니, 색시!

제3부

# 바람 부는 날

나무에
물오르는 것 보며
꽃 핀다
꽃 핀다 하는 사이에
어느덧 꽃은 피고,

가지에
바람 부는 것 보며
꽃 진다
꽃 진다 하는 사이에
어느덧 꽃은 졌네.

소용돌이치는 탁류의 세월이여!

이마 위에 흩어진
서리 묻은 머리카락 걷어올리며
걷어올리며 애태우는

이 새벽,

꽃 피는 것 애달파라
꽃 지는 것 애달파라!

# 누항에서

골목길 하나 저쪽 집은
언제나 주지육림이다.
마시면 까무라친다는
이국 술 냄새가 나고,
번철에 지글거리는 고기 냄새가
슬픈 코를 우빈다.

혀꼬부라진 소리로 뽑아대는
돌아와요 부산항,
섬에 핀 애젊은 동백꽃이
창피한 줄도 모르고 옷끈을 푼다.
물 건너 온 놈팽이가
돈푼깨나 쓰는 모양인가?

比丘아 나오너라!
네 염통에 뚫린 구멍이
몇개나 되는지 세어보자.

# 海角에서

이 대가리,
뜬숯불에 구워진 靑魚의 대가리는
내 아비의 대가리다.

내 아비는 아비를 낳고
그 아비는 또
그 아비를 낳았다.

휘몰아치는 바다의 신령이여!
아비의 죄를 두름으로 엮어
우리 앞에 내던지지 마옵소서.

잿불 속에 떠오른
아비의 대가리는
내 대가리……쓸쓸한 대가리.

# 冬庭의 詩

겨울 뜨락의 아름다움을
혼자서 보기는 서운하다.

지난 여름 녹음을 자랑하던 나뭇잎은
그 뿌리 곁에 돌아와 눕고,
한없이 펼쳐진 푸른 하늘은
혁명의 그 날처럼 눈이 부시다.

어린것들 뛰어노는 놀이터에서
조국의 먼 앞날을 생각해보고,
한점 부끄럼 없이 살리라던
시인의 아픔도 되새겨본다.

그렇다, 가을이 가면 겨울이 오듯
겨울이 가면 꽃 피는 봄이 온다.
그 믿음 있었기에 시인은 쓴잔을 마셨고
그 믿음 있기에 아이들은 나무 되어 자란다.

겨울 뜨락의 호젓한 오솔길을 걸으며
이 겨울이 필연임을 깨닫는다.

# 시래기를 말리며

시래기의 누른빛은
우리 땅의 빛깔이다.

시래기를 말려서 국 끓여 먹고
시래기를 말려서 허기진 배를 채우던
흰 옷 입은 사람들은 사라졌지만,

시래기를 말려서 나물해놓고
시래기를 말려서 祭도 지내며
흙이 된 사람들은 가고 없지만,

오늘도 우리는
새파란 햇볕 아래 시래기를 말리며
무지렁이같이,

아무것도 모르는 땅두더지같이
먼 하늘에 찍힌

그리움을 불러본다.

— 어머니이이이이……

# 북간도 가는 길
어린 날의 추억을 더듬어

살아서 돌아오지 못할
길인 줄도 모르고
아버지는 북간도로 떠나셨다.

한달에 한번씩
진서로 쓴 편지가 날아왔으나
글이 짧은 어머니는
그 뜻을 다 헤아릴 길이 없었다.

만주 땅은 무섭게 춥다는 것,
폭설이 노적가리처럼 쌓인다는 것,
비적들이 출몰한다는 것,
그러나 당신이 있으니 염려하지 말라는 것……

아버지가 가신 지 일년 만에
그곳으로 오라는 기별이 왔다.
고향은 날이 갈수록 각박해지고

이대로 살다가는 거덜난 살림
이어갈 수 없을 것 같아
어머니는 나를 안고 길을 떠났다.

간다 간다 나는 간다
고향 산천 다 버리고
이제 가면 언제 오나
기적소리 목이 멘다

# 북관* 땅에서

원산 함흥 단천 지나
북관 땅에 들어서자
머리에 흰 수건 두른
아낙네들이 많아졌다.

털모자에 솜옷 입은 남정네들은
고개를 숙인 채 말이 없었고,
천장에 매달린 희미한 전깃불이
삶에 지친 얼굴들을 비춰주었다.

— 간도엔 뭣하러 가오?
— 그럼 어쩌겠소, 조선은 왜놈 천지고.
— 간도는 남의 땅 앙이오?
— 되놈 땅이지만 먹고 살 길은 있겠지비.

여기저기서 입맛 다시는 소리
땅이 꺼질 듯한 한숨소리 들려오고,

집 잃고 땅 잃고 일가친척 다 버리고
살 곳을 찾아 떠나는 사람들.

바람소리
노랫소리
흐느끼는 기적소리!

\* 함경북도의 또다른 이름.

# 不在

가다가 찾지 못하고
되돌아올 때가 있습니다.
가까스로 찾았으나
허탕칠 때도 있습니다.

사랑의 날 이미 저물어
서낭당 숲속으로 놀이 지는데,
도둑같이 스며든 어둠을 밟고
발길을 돌립니다 신령님!

# 옥잠화

그 옛날
내 거닐던 후원의 오솔길에
수줍게 피어서 웃던
옥잠화.

내 젊은날의 사랑은
흰 옷에 비녀 꽂은
그 여인의 모습과 함께 사라지고,

귀밑에 서리 내린 오늘도
봉숭아빛 노을 지는 들녘에 서서
예전에 부르다 잊어버린
노래를 부른다.

옥잠화야 옥잠화야,
사변 때 홀로 된
이초시 댁 막내딸아!

# 민들레꽃

딸에게

너희가 어렸을 때는
바람 부는 들에 핀
여리고도 작은 꽃잎이면 좋았다.

민들레야 민들레

남쪽에서 북쪽으로
북쪽에서 남쪽으로
날아가고 날아오는 자유의 깃털,

너희가 철났을 때는
허리 부러진 국토의 날쌔고도 힘찬
화살이기를 바랐다.

이 나라의 어느 들
어느 골짜기에 내려앉든
썩지 않고 움트는 정결한 씨앗,

꽃 피는 이 강산의
첫 손님이 되어라!

# 철원 평야

해질 무렵
고향의 빈 들녘에 서서
가을이 훑고 간 자국들을 보았다.
그 들에는 이제
겨울 짐승들이 먹어야 할
열매라곤 없었다.
인간이 씹다 버린 탐욕의 찌꺼기들도
말끔히 치워지고,
잘린 벼포기에 남은 물기만이
예리한 햇살에 번뜩이고 있었다.

그 들녘에 서서 나는
이곳에서 벌어진 전쟁 생각을 했다.
미워하다 못해서 엇찔려 죽은
슬픈 피붙이들을 생각하고,
그 미친 회오리바람을 부추긴
씨알이 다른 인종들을 떠올렸다.

그러나 이제는

그 노여움마저 사그라지고

망각의 바람만이 스쳐가고 있었다.

# 추수 이후

이제 저에게 주신 땅은
다 갈고,
쓸모없는 귀퉁이땅
한 뙈기만 남았습니다.

(그것만이 제 몫인가요?)

바라옵건데,
천둥 벼락 휘몰아치는
눈 뜨고도 보지 못할
어둠을 주십시오!

(제 영혼은 평안을 마다하오니)

어디서
시로미꽃 향내가……

# 그 어두운 날 밤에

그 어두운 날 밤에
어머님이 말씀하셨다.

사람은 오래 사는 게 아니란다.

오래 살다 보면
젊은날의 야망은 탐욕으로 변하고,

티없이 맑은 눈에도
곱이 낀단다.

그럼에도 어머니는
아흔둘까지 사셨다.

날 데려갈 저승사자님,

오래 끌지 마옵소서
오래 끌지 마옵소서!

# 부처님 앞에서

아내가
절에 다니고부터
나도 따라서 절에 갑니다.

아내가 엎드려
복을 비는 동안
나는 무엇을 빌까 하고
망설입니다.

부처님은 이와 같은
땡땡이 불자도
말없이 웃으며 굽어살피십니다.

아내는 절에 갈 때
초를 사가지고 갑니다.
나는 천원짜리 한 장을 내고
향을 삽니다.

저희가
당신께 드리는 공양은
너무나 보잘것없고
당신에게 바라는 것은
너무나 많습니다.

부처님,
가난하고 힘 없는 자를
일으켜 세워주시고
교만하고 탐욕스러운 자를
꾸짖어주십시오!

# 歸天에서
천상병 씨를 위하여


에즈라 파운드가 걸어가고 있다.

인사동 네거리

양털 목도리를 목에 두르고

한 시대를 제멋대로 살다 간

늙은 浮浪者가.

무너져내리는 그의 뼈마디 속에서

구더기들이 反亂을 일으키며 소리쳤다.

우리를 긍휼히 여기소서!

승천하는 聖에즈라.

# 알림
김종삼 씨를 위하여


어젯밤 꿈에
거대한 독수리 한마리가
날아가는 것을 보았다.

눈 덮인 광야에는
먹을것이라곤 없었다.

배고프다고 하였다.

독수리를 救濟하라!

# 인디언 여자의 사랑노래

기다리고 있습니다, 서방님.
사막의 수정으로 만든 술잔에
나무딸기 술을 담아놓고
싸움터로 나간 당신이
이기고 돌아오길 기다리고 있습니다.

기다리고 있습니다, 서방님.
흙으로 빚은 챵카이 토기에
암사슴 고기를 구워놓고
죽음의 골짜기로 떠난 당신이
살아서 돌아오길 기다리고 있습니다.

흙벽돌 사이로 스며드는 바람은
긴 밤의 등잔불을 나붓거리게 하지만
치렁한 검은 머리 풀어헤치고
기다리고 있습니다, 소녀는.

우리 오늘 밤
달의 신전으로 떠납시다.

# 망코 로카의 장례식

세 형제 바위 밑
양귀의 통나무집 근처에서 쓰러진
망코 로카의 장례식은
참으로 성대하게 치러졌습니다.
싸움터에서 전사한 용사답게
망코 로카의 핏빛 고운 염통은
청람색 돌칼로 도려내어
태양의 제단 위에 바쳐졌고,
그의 우람한 몸통과 팔다리는
조상들이 허리에 매던
용설란 줄거리로 묶여져서
동굴 속에 안치되었습니다.

부족들은 망코 로카가
언젠가는 긴 잠에서 깨어나
속박의 끈을 풀고
콘돌처럼 날아오르리라 믿었습니다.

또한 그때에는 망코 로카가
잔인무도한 배신자들에게
왕의 계곡의 바윗돌을 쪼개어
우박같이 쏘아대리라 의심치 않았습니다.

그러나 사백년이 지난 오늘까지
망코 로카는 깨어나지 않았습니다.
갓 잡은 물고기처럼 싱싱하던 염통은
적갈색 도마뱀 가죽같이 빛이 바랬고,
알콜중독과 매독에 걸린 부족들은
되살아날 줄 모르는 영웅을 원망하며
람바다 춤을 추고 있습니다.

　달이 뜬다 달이 뜬다
　삭사와망 요새에
　달이 뜬다.

순결한 처녀 쿠스코는
양귀의 손에 놀아나고
아름답고 웅장한 태양의 신전도
박쥐의 소굴 된 지 이미 오래다.

망코 로카 망코 로카
잉카의 독수리
망코 로카여!

코르디엘라 산맥에
눈 녹으면 오려느냐
마추피추 산정에
벼락 떨어지면 오려느냐.

# 流沙를 바라보며


내 마음속의
푸른 연꽃은 시들고
검게 탄 줄거리와 구멍 뚫린
씨주머니만 남았습니다.

저 唐紅빛 구름 위에
오롯이 자리하신 부처님,

이 몸이 떠나야 할
流沙의 끝 보리수나무 그늘은
아직도 멀었습니까?

소리개 한마리
허공을 맴돕니다.

# 안개섬

내가 살다가
풀 한포기 나지 않아
바위와 조약돌뿐인
저 섬에 묻힌다면,

갈매기 울고
아우성치는 파도만 남은 곳
세월 모르는 등대지기 되어
내가 살다가,

머리카락 희끗희끗
피리 불다 지쳐서
담배 한대 피워 물고
안개 속으로 사라진다면……

# 봉숭아꽃

내 나이
오십이 되기까지 어머니는
내 새끼손가락에
봉숭아를 들여주셨다.

꽃보다 붉은 그 노을이
아들 몸에 지필지도 모르는
사악한 것을 물리쳐준다고
봉숭아물을 들여주셨다.

봉숭아야 봉숭아야,
장마 그치고 울타리 밑에
초롱불 밝힌 봉숭아야!

무덤에 누워서도 자식 걱정에
마른 풀이 자라는
어머니는 지금 용인에 계시단다.

# 新단양의 가을

물안개 낀 강마을에
불이 꺼지면
새끼 까서 효도 보랴
떡 치는 소리!

해질 무렵 꼴머슴들
지게 작다리 두드리며 부르던
육자배기 구성진 가락도
이제는 옛말.

자식들은 다 나가고
삭정이 같은 내외만 남아
산골짜기 비탈진 밭의
풀을 뽑는다.

갈수록 영악해지는
내 나라 사람들아

월악산에 달 뜨거든
문 열고 내다봐라.

두 뺨이 능금꽃 같던
눈 맑은 계집애는
돈 벌러 간 후
편지 한장 없고……

술 한잔 마시려고 찾아간
젊은 시인은
가슴에 열불이 일어
세상을 떠났다네.

# 되피절* 부처님


내 어린 시절
한다리 건너 관우리 지나
되피절 부처님 찾아가던 길은
초록빛 비단의 꿈길이었네.

바늘에 찔린 오른손가락
왼손으로 지그시 감싸쥐시고
이승의 새빨간 노을을 보며
안쓰러이 웃으시던 되피절 부처님.

내 고향 철원이
毛乙冬非라 불리던 아득한 옛날
가난한 집 아이들 누더기옷을
꿰매주시다 다친 손가락.

그 손에서 흘러내린 자비의 피가
싸움에 지친 마음에 연꽃을 피워

철원 평야 매운 바람 거두어 가고
통일의 봄볕을 비춰주소서!

* 되피절 부처님은 민통선 안에 있는 도피안사(到彼岸寺)의 비로자나
불을 뜻한다. 사변 전만 하더라도 철원 사람 모두의 원찰(願刹)이
었다.

# 보리밭

보리밭의 문둥이는
뼈만 남아서
까스라기 찌르는 풋보리알을
까먹다가 까먹다가 울었습니다.

— 훠어이, 훠이!

해마다 이맘때면
보릿고개라
새 쫓던 아이가 달려와서는
문둥이 품에 안겨 죽었습니다.

— 훠어이, 훠이!

보리밭 그 자리를 깔아뭉개고
오늘은 고속도로 지나갑니다.
까실까실 풋보리의 고소한 맛도

새 쫓던 아이의 아린 살맛도
문둥이는 잊은 지 오래랍니다.

— 훠어이, 훠이!

# 「送別」*을 읽으며

한평생 난과 매화를
사랑하시다 가신 님,
오늘은 정결한 그 꽃이 지고
복사꽃이 피었습니다.

복사꽃 그늘에 자리를 펴고
"십 리가 못 되는 길도
백 리보다 멀다"고 하신
님의 글귀를 읊어봅니다.

촛불을 다시 혀고
잔 들고 마주앉아
밤새껏 하시던 얘기 남긴 채
날은 이미 밝았는데,

잡은 손 놓으시고
그믐달처럼 가신 님이여,

재 너머 묵정밭 마을에도
복사꽃이 피었습니까?


\* 가람 이병기 선생의 작품. 그 시조에 화답하는 마음으로 이 시를 썼다.

# 武陵 가는 길 1

이제 우리는
어디로 가야 하는지를 정해야 한다.
가까운 길이 있고 먼뎃길이 있다.
어디로 가든 처마끝에
등불 달린 주막은 하나지만
가는 사람에 따라서 길은
다른 경관을 보여준다.

보아라 길손이여,
길은 고달프고 골짜기보다 험하다.
눈 덮인 산정에는 안개 속에 벼랑이
어둠이 깔린 숲에서는
성깔 거친 짐승들이 울고 있다.
길은 어느 곳이나 위험 천만
집 잃은 그대여 어디로 가려 하느냐?

그럼에도 나는 권한다.

두 다리에 힘 주고 걸어가라고
두 눈 똑바로 뜨고 찾아가라고
길은 두려움 모르는 자를 두려워한다고
가다 보면 새로운 길이 열릴 거라고.

……한데, 어디에 있지?
지도에도 없는 꽃밭
武陵.

# 武陵 가는 길 2

그가 우리를 맞으러 오기까지는
우리는 우리의 길을 가야 한다.
우리는 그가 어떤 모습으로 오는지를 모른다.
그는 첫날밤의 신랑처럼 오는가?
머리에 꽃 꽂고 흑단령 입은
새서방처럼 걸어오는가? 아니면,
온몸에 검은 피 두른 꼭두서니 장승처럼
우락부락한 모습으로 다가오는가?

아마도 그는
말 한마디 하지 않으리라.
고갯짓으로만 갈 길을 재촉하고
武陵 가는 길표도 일러주지 않으리라.
그의 등뒤에서는 매운 안개 흩어지고
한 숨결의 바람이 등불을 흔들리라.
허나 우리는 두려워하면 안된다,
믿음직스러운 신랑의 모습으로 오든

사납고 어두운 장승의 모습으로 오든
두려워 말고 기다려야 한다.

그가 지금 당장
시간의 말을 타고 달려오는 것은 달가운 일이 아니지만
언젠가 오리라는 것을 우리는 알고 있다.
그러므로 이제부터라도 서서히
손님 맞을 채비를 해야 한다.
섬돌 위에 고무신도 깨끗이 씻어놓고
진솔옷 한벌도 마련해둬야 한다.
그리고 때가 오기까지는
초례청으로 향하는 새색시처럼
뒤돌아보지 말고 기다려야 한다.

—준비 다 됐습니까? 레디 고!

# 武陵 가는 길 3

武陵 가는 길은
경마장 가는 길보다 얼마나 멀까?
말들이 미친 듯이 달려가고
사람들이 미친 듯이 환호하는
경마장 지나서 얼마쯤을 더 가야
복사꽃 핀 마을이 나타날까?

나도 소싯적에
동대문구 신설동 미나리꽝 옆
경마장 출입을 한 경험이 있다.
활주로처럼 생긴 경주로에서
검정말 흰말 다갈색 말들이 꽝!
하는 피스톨 소리와 함께
입에 거품을 물고 달려나갔다.

그러면 꾼들은
정신병원에서 도망쳐나온 환자처럼

한손에는 마권, 한손에는
지린내 나는 손수건을 흔들면서
와아와아 소리를 지르거나
발버둥을 쳤다.

이제 슬슬 시작해볼까?……
그 미친 녀석들 사이를
다람쥐처럼 누비고 다니면서 나는
얼빠진 호주머니 속에서 고개를 내민
배춧잎을 슬쩍 나꿔채곤 했었다,
武陵 가는 기동차 표는 값이 비싸다.

아, 그게 벌써 몇십년 전 일인가?
전쟁과 혁명으로 얼룩진 세월이 지나가고
계집은 도망가고
동무들은 늙어서 땅속에 묻혔건만
나는 아직도 武陵에 다다르지 못했다.

그날 경마장에서 번 돈도 다 날리고
머리카락이 허옇게 바래었건만
武陵은 갈수록 멀기만 하고
이제는 눈앞이 어지럽기만 하다.

# 武陵 가는 길 4


이렇게 고기는 고기대로
뼈는 뼈대로, 기름은 기름대로
힘줄은 힘줄대로 다 발리고 나면
남는 게 무엇일까?

가죽은 꾸깃꾸깃
구정물 속에 처박히고,
아직도 눈 감지 못한 머리의 뿔은
하늘을 찌르고 있는데,

쇠파리 쫓던 꼬리와
논밭 갈던 네 다리가 어기적어기적
武陵으로 가게 될 날은 언제쯤일까?
만약 소에게도 꿈이 있다면……

# 武陵 가는 길 5


누구든 그곳으로 가고 싶어한다.

들판이 끝난 곳에 여울이 흐르고
여울을 건너면 이끼 낀 돌문.
돌문 열고 들어가면 앵두꽃 마을
너와집 한채가 그 속에 숨어서
일 마친 농부가 낮잠을 자고 있다.
머루알 같은 배꼽을
바지춤으로 드러낸 채……

이런 그림을 본 사람은 씨가 말랐다.

# 소리

병든 말 한마리가
광야를 가고 있다.

사막의 모래알들이
일제히 일어서며 소리쳤다.

해 돋는 쪽으로 가랴?
아니,

해 지는 쪽으로 가라
해 지는 쪽으로 가라!

# 새점

네가 내 속을
알 수 없을 텐데도
호박의 부리를 지닌 작은 새야,
너는 내 마음을 안다고 한다.

오가는 사람들의 발길 아래
휴지와 흙먼지로 더럽혀진 거리 한모퉁이에서
비취색 희망을 노래하는 지혜의 새야,
미로와 같은 슬픔 속에 갇힌
내 욕망을 알고 있느냐, 너는?
쇠잔한 불꽃을 안타까워하는 내 영혼을……

네가 꿈꾸는 별은 어디 있느냐,
몇억 광년 밖 토운土雲 속에서 빛나는
어느 별자리가 너의 주소냐?
그리고 내 별은 어디 있느냐,
전갈좌 부근 블랙홀에서

구더기를 파먹고 자라는 진주조개냐?

영어의 창살 너머로
불가사의를 예언하는 고독한 철학자,
네가 내 마음을 알 수 없을 텐데도
너는 내 운명을 안다고 한다.

# 返歌*

나이 예순이 꽉 차는 날
탄탄한 대로를 나는 버리고
외진 산길을 걷기로 했다.

조숙한 천재 랭보는
열아홉 피끓는 어린 나이에
돈 안되는 시를 외면했다지만,

후진국에 태어나서
가난밖에 보답 없는 시를 써온 나는
이제야 지나온 먼 길을 돌아본다.

불면으로 뒤척이던 기나긴 밤을
한 구절의 시를 찾아헤맨 적도 있지만
꽃보다도 소중한 목숨을 위해

이 아침,

동해 바다의 거센 물결
모래 위에 쓴 글씨를 다시 지운다.

* 1965년 8월에 쓴 시를 95년 12월에 다시 매만진다. '서른'의 나이가
  '예순'으로 바뀌었다. 세상은 많이 달라졌지만 그때 그 마음은 변함
  이 없다.

# 해방 직후

화룡의 대지주
이영춘 씨가 재판을 받던 날
운동장에서 뛰어노는 아이들은
교단 앞으로 모이라는 명령을 받았다.

포승줄에 묶인 채
이영춘 씨가 끌려나오자
저놈 죽여라! 하는 함성이
아이들 뒤켠에서 터져나왔다.

어제까지의 위세는 어디로 갔는지
이영춘 씨는 두 손 모아 빌면서
재산을 다 바칠 테니
목숨만은 살려달라고 애원했다.

모젤 권총을 찬 팔로군 장교가
이영춘 씨를 향해서 냅다 소리를 질렀다.

악질 지주에 반동이 된 이영춘 씨는
얼빠진 눈으로 그를 쳐다보았다.

이윽고 장교가 오른팔을 휘두르며
인민의 적을 처단하는 데 찬성하느냐고 물었다.
아이들 뒤켠에서 이번에도
옳소! 하는 소리가 터져나왔다.

인민의 적이 된 이영춘 씨는
장교의 바짓가랑이를 붙잡고 매달렸다.
눈물 번진 얼굴이 애처로웠으나
장교의 발길이 턱주가리를 걷어찼다.

— 탕! 탕! 탕!

모젤 권총이 불을 뿜었고
이영춘 씨는 앞으로 고꾸라졌다.

아이들은 영문도 모르고 박수를 쳤고
이것으로 끝! 구경치고는 싱거웠다.

제4부

# 해질 무렵


색유리처럼
깃털이 파르스름한
멧새 한마리
벽오동나무에 앉아서
가지를 튕기다가
天쓰으로 날아갔다.

그리로 가고 싶다!

# 떠나가는 배*

이리도 쉬 떠날 것을
그리도 오래 아팠었구나.

삼천포 앞바다의
봄 햇살 같은 물결

석양에 돌아오는
만선의 꿈도 접어두고

이승의 땟국
베적삼 한 자락 펄럭이며

떠나가는구나
뱃고동 소리도 없이!

* 박재삼 시인 1주기에.

# 해지기 전의 사랑

해지기 전에
나 그대 보고 싶으면
산수유꽃 한 가지
귓등에 꽂고 찾아가리.

그대의 집 창문에는
황혼의 불빛 어른거리고
파도의 거친 숨결이
조약돌을 굴리리.

해지기 전에
나 그대 마음에 떠오르면
패랭이꽃 한 무더기
가슴에 안고 찾아가리.

그대와 나 사이에
모래톱이 솟을지라도

즈믄해의 사랑 그 꽃잎에
입술 대이려 찾아가리.

# 섬나리꽃

저 멀리 굽이진 산고개 너머
연두색 바다가 흔들리고,
그 바다를 향하여
한송이 섬나리꽃은 피었다.

바다가 우는,
바다가 우는 칠흑 같은 밤이면
꽃은 바람 맞은 기폭
몸부림치며 요령 소리로 울었고,

바다가 파랗게
가슴 설레는 푸른 달밤이면
꽃은 그리움, 그리움으로 발돋움하여
가문비나무 숲처럼 자랐다.

그리하여 이 저녁,
아쉬움같이 내리는 이슬을 맞고도

노을 속에 타오르는 황금빛 술잔
꽃은 진다.

# 나리소*에서

저 새파란 소에
강물의 신이 아니 계시다면
신의 존재를 믿지 않아도
좋으리 우리는.

벼랑 밑 바위에 붙은
수초의 숲에서 꼬리치다가
소스라치게 놀라 번개처럼 사라진
물고기의 꽃비늘 속에서,

자갈을 물고 흐르다가 괸
여울에 비친 푸른 산 그림자와
낙락장송의 숭엄한 모습 속에서
강물의 신을 보지 못한다면,

심청이 아비의 지팡이같이
비틀거리는 우리들의 마음은

수탕나귀의 목에 걸린
깨진 말방울인지도 모르지.

* 동강에 있는 깊은 못.

# 묘비명

나도 이제 내
묘비명을 쓸 때가 돌아온 것 같다.
이런 말을 하면 자네는
아니 벌써? 하고 웃을지도 모르지만
다정하고 잔인했던 친구여,
시간은 이미 자정을 넘었고
눈 덮인 길에는 핏자국이 찍혀 있다.

어쩌면 나는 오랫동안
이때가 오기만을 기다리며 살았는지 모른다.
내가 걸어온 시대는 전쟁의 불길과
혁명의 연기로 뒤덮인 세기말의 한때였고,
요행히도 나는 그것을 헤치고
늙은 표범처럼 살아남았다.
수많은 청춘들이 누려야 할 기쁨조차
누리지 못한 채 꽃잎처럼 떨어지고
거룩한 분노가 캐터필러에 짓밟혀

무덤으로 실려갔을 때도 나는
집요한 운명에 발목 잡혀서
마지막 잎새같이 대롱거렸다.

손을 놓아야 한다!
서커스의 소녀가 어느 한순간
그넷줄을 놓고 날아가듯이
저 미지의 세계로 제비 되어 날아가며
고독한 포물선을 그려야 한다.
그것이 내 마지막 고별 의식이 되기를 바라면서…….

# 베로니카를 위하여

한송이의 꽃을
그 해맑은 웃음을

한송이의 꽃을
사랑의 어눌한 고백을

한송이의 꽃을
안으로 타오르는 거센 불길을

한송이의 꽃을
그 광막한 기다림을

한송이의 꽃을
유리창에 맴도는 쇠잔한 바람을

한송이의 꽃을
당신께 드립니다, 베로니카!

# 눈길

보이니?
아니

보이니?
아니

보이니?
아아니

눈길을 걸어가는
목 떨어진 아비들!

# 군밤타령

요새는 늙은 아내와
밤 구워먹는 재미로 살아간다.
경동시장에서 밤 한되를 사다가
연탄불에 올려놓고 잘 익었니?
맛있지? 하면서 먹는다.

유리창 밖은 길 잃은 바람,
나뭇가지가 진저리치듯 흔들리고
휴지와 담배꽁초가 골목길을 휩쓸어도
빨갛게 피어오르는 불 앞에서
허허 참, 허허 참, 바보처럼 웃는다.

그래, 익으면 터져야 한다.
탁! 하고 터져서 떼굴떼굴 구르다가
눈이 온다 눈이 와요
청천 하늘에 흰 눈이 와요……
뒤집혀야 한다.

# 눈꽃

육십년 만의 폭설로
마른 나뭇가지에 눈이 쌓인 날
무겁게 짓누르는 눈꽃의 무게를 가늠하며
딱! 하고 부러질지언정 휘지 않으리라
너절하게 끌고 가진 않으리라
고독한 자의 의지를 확인한다.

# 수선화 피는 날

수선화 피는 날에는
마음이 가로등처럼 밝아온다.
여러 해 전에 부서진
마른꽃 같은 시인* 생각도 나고,
임종 무렵 그 얼굴에 스쳤던
쓸쓸한 미소도 유리에 비친다.

휘몰아치는 포악한 광풍에
학교 밖으로 쫓겨난 시인은 끝내
아이들 곁으로 돌아가지 못하고
봄이 오기를 기다리다가
기별도 없이 세상을 떠났다.

그때 미친 바람 일으킨 자들이
또다시 활개치는 낮도깨비 세상에
긴 속눈썹 사이로 슬픔을 달래면서
수선화 피는 날만 기다리다

떠나간 시인.

— 황사 바람아, 그 미치광이들
아직도 숨통이 붙어 있느냐?


* 이광웅 시인이 눈을 감은 지도 벌써 10년 세월이 지났다.

# 읍내에서

내 노래 빈 들판을 지나
그 언젠가 산으로 가로막힌
계곡 물 속에 잦아들 것이라는 사실을
나는 알고 있다.

목숨보다 앞서는
자본의 논리를 술잔에 타 마시고
요란한 호색 잡지의 표지처럼
화장한 어린것들이 팔짱을 끼고
극장 앞을 서성거리거나 거웃 핥듯
아이스크림을 빨고 있는 골빈
풍경들이 눈앞에 어른거려도 나는
무심히 바라보고만 있다.

하고 싶은 말은 많지만
이 소도시의 밤하늘에 늘
별이 뜨고 안개 낀 달빛이

광장을 비추고 있는 것만은 아니다.
시냇물 속의 물고기 알은 다 썩었고
러브호텔이 들어선 뒷산에서 울던
접동새는 자취를 감추었다.

그리고 어느덧
답답한 가슴을 치며 노래하던
가인의 목소리는
시궁창에 처박힌 불화살이 되었다.

# 춤을 추리라

이 봄에는
연두색 두루마기 한벌
쌍그라니 지어 입고
저 無憂의 언덕에 올라
춤을 추리라,
옛 고구려의 한량같이.

마른 땅을 비집고 돋은
녹옥의 풀싹들은
동트는 새벽 하늘을 손으로 가리키고,
비 호르호…… 비 호르호……
버들숲 우거진 강가에서는
물총새가 노래부르며
날아가고 있다.

그 언젠가
이 세상 벼랑길에 종말이 와

차디찬 얼음이 온 땅을 덮을지라도
우리 모두의 가슴에
동백꽃 같은 등불 하나 있다면
춤을 추리라, 서산에 해지고
달 뜨기까지!

# 모닥불

낭송 : 저 썩은 물 흐르는 서울의 하수구
　　　중랑천 둑방 밑 쓰레기 소각장에서
　　　쫓겨난 아비들이 불을 쬐고 있다
　　　매운 바람 휘몰아치는 들판에 서서……

영창 : 내가 이 세상에 태어난 것은
　　　한 무더기의 모닥불을 피우기 위해.

합창 : 지극히 높은 곳에 계신
　　　萬象의 어머니여,
　　　진흙 속에 처박힌 이 땅을 살피소서!

영창 : 길바닥에 떨어진 한겨울의 낙엽과
　　　가지 부러진 나무들,
　　　쓰다 버린 휴지조각과 넝마들을 모아서
　　　모닥불을 피우리니,

합창 : 오라, 얼음장같이 손발이 언 사람들,
　　　오라, 허기지고 고달픈 이들,
　　　오라, 미움의 칼을 가슴에 품은 이들,
　　　발밑의 어둠이 그대를 삼키기 전에⋯⋯

영창 : 내가 이 세상에 태어난 것은
　　　한방울의 기름 되어
　　　타오르는 불길 속에 던져지기 위해!

합창 : 타고 남은 재가 다시 기름이 됩니다.
　　　타고 남은 재가 다시 기름이 됩니다.

# 流域에서

왜 그런지
가로등 불빛이
따스해 보인다.

잎 떨어진 나무에 바람이 찬데,

지나온 험난한 길과
골짜기의 시냇물이
요지경처럼 얼비친다.

꽃 한송이 만나고 싶다!

# 하노이에서*

우리가 아저씨 집에 도착했을 때
나무로 지은 그 허름한 방에는
돈이 될 만한 물건이라곤 아무것도 없었다.
벽에 걸린 검은 농민복 한벌과
마디가 여럿 달린 지팡이 하나,
샌들 한켤레, 말끔히 치워진
책상 위에 놓인 시집 한권,
아직도 김이 나는 찻종 하나, 궐련 한개비.
그것이 아저씨의 전 재산이었다.

아저씨는 평생을 독신으로 살았다.
아니, 이 말은 잘못된 것인지도 모른다.
아저씨는 젊었을 때 꼭 한번
연애를 한 적이 있었다.
허리가 잘록하고 키가 알맞게 큰
메콩강의 처녀를 사랑한 적이 있었다.
대바구니를 엮으며 농사를 짓는

그 처녀를 사랑하고부터
아저씨는 다른 여자에겐 눈길도 주지 않았다.
빠리와 모스끄바와 뻬이징을
제 집 드나들 듯 하면서도
그 요염한 제국주의의 매춘부들에게는
말 한마디 건네지 않았다.

하지만 사랑하는 메콩강의 처녀가
무지막지한 이방인들에게 짓밟혔을 때
아저씨는 분노의 음성으로 선언했다.
"우리가 너희를 한 명 죽일 때
너희가 우리를 열 명씩 죽인다 하더라도
최후에 미소짓는 것은 우리일 것이다!"
그리하여 메콩의 젊은이들은
무논에서, 산속에서, 도시와 밀림에서
땅굴 속에서도 싸웠다.
남을 죽이기 위해서가 아니라

메콩강의 처녀인 조국을 지키기 위해서.

지금도 사람들은 아저씨를
주석이나 대통령이라고 부르지 않는다.
아이들은 그를 할아버지라 부르고
청년들은 그를 아저씨라 부른다.
박호! 하노이의 호떡집 호 아저씨
그런 지도자를 갖고 싶다, 우리도.


* 1997년 10월 〈베트남을 생각하는 모임〉에서 낭송한 시.

# 김남주 시인의 무덤 앞에서*

남주 내가 왔네,
하고 말해도 망월동 시민묘지
한 귀퉁이, 초라한 무덤 속에 누운
김남주 시인은 대답이 없네.

혁명을 꿈꾸며
혁명을 노래하며 이 땅에서
독점 자본과 폭압의 힘을 몰아내고
일하는 자의 나라를 세우겠다던 남주.
타오르는 불꽃처럼 싸웠더라도
그 혁명의 과실을 따먹을 생각일랑
하지도 않았다고 노래한 시인은
그래서, 이 옥방보다 좁은 땅에
쓸쓸히 묻혀서 지내는가?

남주 내가 왔네,
그대가 목숨을 걸고 싸울 때

등뒤에 숨어서 늑장을 부리며
달아나기에만 바빴던 이 비겁한 동업자가,
그대가 떠난 뒤에도 꽃 한송이 꽂지 못하고
무사 안일하게 살아온 자본주의의 패졸이
이제서야 찾아왔네.

향불 대신 담배꽁초가 쌓이고
빈 소줏병이 난지도처럼 뒹구는
무덤 앞에서, 아직도 햇살같이 웃고 있는
그대의 퇴색한 사진을 바라보며,
왜 체 게바라가 죽었는지를
왜 체 게바라가 죽어야만 했는지를
생각했네, 담배를 피워 물고······.

* 1999년 1월 광주 민족문학작가회의 전국 시낭송회에서 낭독한 시.

## 해설

# 단단한 의지와 겸손한 감정

황현산

 

 

 

민영 선생은 1959년 문단에 등단한 이래, 『斷章』『龍仁 지나는 길에』『냉이를 캐며』『엉겅퀴꽃』『바람 부는 날』『流沙를 바라보며』『해지기 전의 사랑』등 모두 일곱 권의 시집을 펴냈다. 시인으로 이름을 알리고 나서 어려운 시절을 보내고 상재한 첫 시집을 제외하면 대체로 5년에 한번꼴로 새로운 들녘을 하나씩 가꾸어온 셈이다. 게으름도 서두름도 없는 이 꾸준함은 선생에게 시쓰기가 자신의 타고난 재능에 따라 선택한 직분이고 날마다 마음 모아 받들어야 하는 평생의 과업이기 때문이었으리라. 시집의 제목들은, 그 작품이 그렇듯이, 모두 그 어의

가 겸손하고 말의 색조가 소박하지만 그 안에 넌지시 눌러담은 의지를 다 감추지는 못한다.

　편자들은 조심스런 마음으로 이 일곱 권의 시집에서 적게는 열다섯 편 많게는 열아홉 편의 작품을 고르게 뽑았다. 그러나 이 '고르게'는 편자들의 의도라기보다 그 작품들이 지시하는 바라고 말하는 것이 옳다. 시집들은 하나같이 시인이 걸어온 신고(辛苦)의 족적과 말에 바치는 줄기찬 믿음과 정신의 자리를 곧고 맑게 닦으려는 의지와 어두운 시대에 맞서 피눈물을 흘리는 충정을 고르게 담고 있기 때문이다. 그렇다고 이 저작들이 한 개인의 정신적 편력을 드러내는 데 그친다는 말은 아니다. 반세기에 걸친 이 작업은 그간에 우리의 현대시가 일궈낸 말의 힘과 그 율조의 추이를 엿보게 하고, 시대에 부응하는 주제의 변천사를 예시하며, 시를 쓰는 마음들이 시의 기치 아래 끌어모았던 기대와 희망의 굴곡을 여러 모양새로 펼쳐 나타낸다. 한국전쟁 이후 지금까지 가난하고 외로운 자리를 버티어온 한 사람이 세상을 경작해온 물질과 정신의 역사가 있고, 주눅든 말을 끌어올리고 거친 말을 다듬어온 미학의 역사가 있고, 버둥거리는 자연만물을 인간의 존재 속에 진득하게 끌어안을 수 있기까지 그 감정의 역사가 있다.

『斷章』은 등단 13년 만에 펴낸 첫 시집이지만, 그 첫머리에는 시인이 등단 이전부터 써모은 시편들도 여러 편 포함되어 있다. 이 초기시들이 그후 오랜 세월을 각고해온 시인의 시력을 대표할 수는 없다 하더라도 전란 후의 그 암담한 시기에 이 땅의 가난하고 순결한 문학청년 한 사람이 문학에 걸었던 포부를 어느 시에서보다도 진술하게 알려준다는 점에서, 그것들은 결코 소홀하게 취급할 수 없는 자료들이다. 게다가 이들 시편은 시인의 전(全) 작품에 면면하게 흐르고 있는 어떤 혈맥 같은 것을 벌써 형성하고 있다는 점에서도 중요하다.

첫 시집에 관해 먼저 말해야 할 것은 죽음이다. 이 시집에는 죽음을 주제로 삼았거나 정서적 배경으로 삼은 시들이 곳곳에 들어 있다. 「이승과 저승」은 죽음에 대한 문학적 성찰이며, 「그날이 오면」의 그날은 죽음을 맞는 날이며, 「아내를 위한 자장가」에도 죽음의 어두운 그림자가 어른거리고, 「示威」에서 시대의 파도를 가르는 처연한 항해사를 "마스트 뒤에서" 바라보며 웃고 있는 것도 죽음이다. 인간사를 떠나서 자연사물에 관해 말할 때도 그것들을 바라보는 시선의 깊이는 늘 죽음에 닿는다. 「青蛾」에서 푸른 나방 한마리가 시인의 서가를 찾는 것은 그곳을 죽음의 자리로 삼기 위해서이며, 「菊花」에서

국화는 "피가 식어 티끌 진 뒤"를 생각하게 한다. 그러나 시인에게 이 죽음이 어떤 성질의 것이건 허무의식과 연결되어 있는 경우는 드물다. 시인은 죽음을 말할 때마다 인정의 따뜻함을 기리고, 감정을 곧추세우고, 의지를 다져, 마음의 자리를 순결하게 닦는다. 이 죽음의 표현에는 때로 기독교적 상징체계가 끼어들어 순결한 삶에의 신앙 고백과 정죄의식의 형식을 띠기도 한다. 그는 일상의 순간순간마다 죽음이라는 절대적 사건을 마주하는 태도로 자신의 삶을 평가하고 해석한다. 시의 말이 적확하면서도 강파른 리듬을 얻는 것도 그때이다.

> 하지만, 內燃의 피
> 毒이 되어 꺼구러질 땐
> 뜨겠다, 죽어도 감지 못할
> 새파란 눈을!
>
> ─「斷章」부분

시인에게 정직한 말을 명령하고, 고결한 삶을 상상하게 하고, 두려운 현실 앞에서 마지막 용기를 주는 이 죽음의 원기는 이후의 시집에서도 쇠하지 않아 그의 작품 전체가 이 주제의 변주이자 심화의 과정인 것처럼 보이기도 한다.

두번째 시집 『龍仁 지나는 길에』에 들어서서는 시인이 자신을 바라보는 내향의 거울에 바깥 풍경도 함께 비치기 시작한다. 세상의 한 구석이었던 장소들이 답십리, 용인, 서부두, 남가좌동 같은 구체적인 지명을 얻게 되며, 이와함께 예의 죽음은 희생의 형식으로 발전한다. 시의 제재는 훨씬 더 생활과 밀착되어 있지만 거기에는 늘 시인 특유의 단아한 개인적 감각이 묻혀 있다. 「비 오는 날」 같은 시가 좋은 예이다.

빗줄기가
바람을 몰고 온다.
—갈치 사려, 갈치 갈치!

탁!
직각으로 무너지는
—꽃의 꽃.

—「비 오는 날」 부분


비 오는 날로 비유되는 암담한 일상에서 무너지는 한송이 꽃으로 표현되는 추억의 회포는 생존의 막막한 외

침과 같은 울림을 지닌다. 이 현실의식과 개인적 미의식의 겹침이 미래사회를 위한 자기희생의 결단으로 결과하는 것은 당연한 일이다. 현실의 관점에서 시의 아름다움은 그 순결한 전망이며, 시 미학의 관점에서 현실은 풀어야 할 문제의 형식이자 그 해답의 조건이기 때문이다. 시 「별빛」이 말하는 "쫓겨가는 자" "쓰러지는 자" "무릎과 정수리에 대못을 맞고" 거친 들녘에 "거름 되어 묻힐 자"의 상을 시인의 자화상 내지는 상상적 자화상과 일치시킬 수 있는 것은 시인 자신의 몸에 상처를 입힐 것만 같은 선연한 감각이 거기에 바쳐지고 있기 때문이다.

때때로 이 시인의 약점으로 거론되기도 하는 '한의 시'가 특히 많이 들어 있는 것은 세번째 시집 『냉이를 캐며』이다. 「노래」 연작이나 「중랑천」 연작이 아마도 이에 해당할 것인데, 고통스런 생활 속에서 졸아드는 생명을 의식해야 하는 사람들, 얻은 것도 이룬 것도 없이 모욕받는 세월을 보내야 하는 사람들의 심정이 슬픈 어조로 읊어진다. 그러나 이들 시를 찬찬히 읽는 독자들의 귀에 한숨과 비탄만이 들리지는 않을 것이다. 이를테면 「중랑천 2」에서 아이를 껌 팔러 보내고 자신은 골방에서 몸을 파는 여자가 "돌아오지 않는 아이 때문에" "감탕질을 하다가도 귀를" 세우는 정황을 보며, 이 한이 현실탐구의 한

방식, 그러나 극히 겸손한 방식임을 이해하지 못한 독자는 없을 것이다. 「냉이를 캐며」에서 "손톱이 여린 것을" 서러워하는 아낙은 현실의 잔혹함이 햇빛 밝은 미래의 기약임을 믿으며 옥중의 남편을 기다리는 아내이다. 여기서 한의 표현은 오랜 인고의 세월을 보내면서 항상 깨어 있어야 하는 사람들이 그 복잡한 감정을 단순하게 정리하는 수단이 된다. 중요한 것은 빛남 못지않게 녹슬지 않음이란 것을 알고 있는 시인에게서는 지칠 줄 모르는 각성도, 어두운 자리에서 찾아내는 희망도, 모든 것이 소박한 언어와 겸손한 감정으로 표현된다는 점이다. 또한 이 겸손이 그의 감각을 사물의 깊이와 심정의 깊이로 내려가게도 한다. 이 겸손함이 없다면 「海碑」에서처럼 홍어회에서 죽은 사공의 비석을 보기도 어려울 것이며, 「海歌」에서처럼 번철의 생선 지지는 소리에서 권력에 억눌린 자들의 외마디 소리를 듣기도 어려울 것이다.

『엉겅퀴꽃』은 시집에 수록된 시편들의 거의 모두가 광주학살 이후 신군부의 폭압정치 아래서 탄생한 작품들이지만, 정치적 항거의 목소리를 곧바로 담고 있는 시는 드물다. 그러나 이 시집은 김우창(金禹昌)이 그 해설에서 지적한 것처럼 "민중주의적 선언과 민중적 삶에 대한 긍정적 묘사들을 어느 때보다도 많이 담고 있다." 평론가는 그 상투성에 대한 우려도 함께 말하고 있지만, 시인으로서는 이제까지 붙박인 자들의 비감을 말하던 자리에 뿌리 없이 유랑하는 자들의 독한 심정을 끌어들여 그 평면성을 극복할 수 있는 원기와 전략으로 삼으려 했다고 말할 수도 있겠다. 유랑은 비록 강요된 것이라고 할지라도, 거기에는 탈출의 한 형식이 있고 바뀔 수 있는 삶에 대한 희망이 있다.

> 이제 비 내리면
> 떠나야 하네.
> 빈 속에는 막소주
> 개좆빛 하늘
> 농약 먹은 황새처럼
> 휘청거리며
> 남녘 南
> 북녘 北,
> 불빛 심을 나라 찾아서
> 떠나야 하네.
>
> —「바람歌」 부분

자연에 감정을 의탁하는 시가 많은 것도 이 시집의 특

징이다. 자연사물은 여기서도 번뜩이는 각성이나 접을 수 없는 의지의 은유적 관념을 떠맡고 있는 것이 사실이지만, 이 자연 은유들이 거의 언제나 민중적 희망과 그 역사적 계승의 형상화라는 점에서, 그리고 민중이 성장하는 자리로서의 국토에 대한 특별한 사랑의 표현이라는 점에서, 그것은 그가 품은 민중의식의 구체적 증거로 나타난다. 시인이 「엉겅퀴꽃」 같은 시에서 채택하고 있는 민요풍의 4·4조의 운율도 민중정서의 구체성과 관련을 맺는 것은 물론이다.

기독교적 상징체계가 사라지고 대신 그 자리에 자연신이자 동시에 인격신인 '신령님'에의 기구(祈求)와 부처 앞에서의 합장이 들어서는 것은 『바람 부는 날』에서부터다. 그 원인이 정치적 변화에 있을까, 시인의 나이에 있을까. 아무튼 이 기구의 대상이 바뀌면서 기독교적 존재의 결백을 추구하던 시인의 비원이 민족사적 아우라를 얻게 되는 것은 사실이다. 87년의 6월항쟁을 전후하여 정치적·사회적 현상에 대한 울분을 노래한 시들이 이 아우라와 가깝게 만나고, 시인이 어린 나이에 체험한 유민(流民)생활의 기억을 담은 시들이 이 기운과 멀리 만난다. 그러나 이 울분에도 불구하고 이웃을 바라보는 시선은 한결 따뜻하여 초기시의 까다로운 중의적 표현과 강파른 운율을 벗어난다.

자연을 바라보는 시선도 친근하다. 자연은 이미 어떤 관념이나 감정의 은유에 머무르지 않는다. 「옥잠화」의 옥잠화는 비록 "사변 때 홀로 된" 이초시 댁 막내딸로 환생하지만 확실하게 옥잠화이며, 「민들레꽃」에서 민들레 꽃씨는 조국의 남북을 오가는 "자유의 깃털"이기 이전에 어느 골짜기에 내려앉든 "썩지 않고 움트는 정결한 씨앗"이다. 자연이 시인의 생각을 짜맞추기 위해 봉사하는 것이 아니라 시인의 생각이 이제 자연에서 오고 있다고 해야 할 것이며, 세상을 바라보는 시인의 눈이 또한 그렇게 바뀌었다고 해야 할 것이다 . 먼저 세상을 떠난 문우들에게 바치는 시도 여러 편 들어 있다. 「歸天에서」는 천상병(千祥炳) 시인을 위해, 「알림」은 김종삼(金宗三) 시인을 위해 쓴 시이다. 죽은 시인들은 이승의 삶을 용서하면서 또한 용서하지 않는다. 이들을 시로 쓰고 있는 시인의 태도가 또한 그러할 것이다.

이 시집에는 일련의 '인디언 시편'들이 수록되어 있다. 이에 대해서는 시인 자신이 90년 5월 "미국 가서 본 원주민들의 슬픈 역사를 내 나름으로 마음속에 삭혀서 노래한 것"이라고 밝히고 있지만, 이 슬픈 민족의 의례와 정한을 유려하고 신비롭게 읊은 이들 시편에는 잠시 일상에서 떠난 시인의 여유로운 마음도 들어 있을 것이다.

시인이 나이 예순을 넘기면서 펴낸 시집 『流沙를 바라보며』의 중심은 「武陵 가는 길」 연작 다섯 편에 있을 것 같다. 그 길이 뜻하는 바는 확실하면서도 복합적이다. 그것은 시인이 평생을 바쳐 시쓰기에 정진해온 길이며, 삶의 온갖 신고를 견디며 최초의 의지를 지켜온 길이며, 온전한 나라 건강한 사회를 이룩하기 위해 투신해온 길이며, 인류의 역사가 그 오랜 꿈을 걸어놓은 길이다. 물론 시인은 무릉에 닿지 못한다. 그러나 시인의 비감은 그 꿈이 허망하다는 데 있는 것도 아니고, 성취가 가망 없다는 데에 있는 것도 아니다. 그 희망의 맥이 이제 끊어지려 한다는 점을 시인은 무엇보다도 비통하게 여기며, 이 점에서 이 연작시들은 문명비평의 성격을 지닌다.

누구든 그곳으로 가고 싶어한다.

들판이 끝난 곳에 여울이 흐르고
여울을 건너면 이끼 낀 돌문.
돌문 열고 들어가면 앵두꽃 마을
너와집 한채가 그 속에 숨어서
일 마친 농부가 낮잠을 자고 있다.

머루알 같은 배꼽을
바지춤으로 드러낸 채……

이런 그림을 본 사람은 씨가 말랐다.
　　　　　　　　　　　　　—「武陵 가는 길 5」 전문


「봉숭아꽃」「新단양의 가을」「되피절 부처님」 같은 시
편이 농경정서의 아련한 추억을 이야기하는 것도 같은
맥락의 이해를 요구한다. 표제시 「流沙를 바라보며」에서
"이 몸이 떠나야 할/流沙의 끝 보리수나무 그늘은/아직
도 멀었습니까?"라고 묻는 것처럼, 시인 자신이 저 무릉
의 꿈을 죽음 뒤에 맞게 될 안식과 동일시해야 할 나이
에 이르렀기에 이 문명에 대한 두려운 마음은 더욱 클 것
이다.

한편 이 시집은 시인의 시편들 가운데 선율이 가장 빼
어난 시들을 담고 있기도 하다. 「봉숭아꽃」의 마지막 연
을 적어본다.


무덤에 누워서도 자식 걱정에
마른 풀이 자라는
어머니는 지금 용인에 계시단다.

"마른 풀이 자라는"은 "무덤에 누워서도" 앞에 와야 옳을 듯하지만 또한 "자식 걱정에" 뒤에 오는 것도 옳다. 뛰어난 선율이 이 아슬아슬한 통사법에 신기한 기운을 준다.

시인이 "어느덧 몇七十의 고개 앞에" 이르러 "시 쓰는 일은 날이 갈수록 힘에" 겹다고 고백하면서 상재한 일곱 번째 시집 『해지기 전의 사랑』에 대해서는 평론가 김진수가 "신산한 현실의 슬픔과 혁명을 꿈꾸었던 지사적 기개의 대위법 속에" 위치하는 시집이지만 "무게중심의 추는 전자 쪽으로 기울어져 있다"고 쓴 적이 있다(『계간 포에지』 2002년 봄호). 이 슬픔과 기개가 교차하는 곳에 자신이 맞이하게 될 죽음에 대한 시인의 성찰이 있다. 「해질 무렵」에서는 천축으로 날아간 새를 따라 "그리로 가고 싶다"고 쓴다. 「해지기 전의 사랑」에서는 "즈믄해의 사랑 그 꽃잎에 / 입술 대이려 찾아가리"라고 쓴다. 그리고 「묘비명」에서는,

손을 놓아야 한다!
서커스의 소녀가 어느 한순간
그넷줄을 놓고 날아가듯이

저 미지의 세계로 제비 되어 날아가며
고독한 포물선을 그려야 한다.

고 쓴다. 시인이 평생 동안 죽음을 걸고 이루려 했던 것
을 이제 죽음 뒤에서 맞이하려 한다면 그것은 슬픈 일이
다. 그러나 이 순결한 죽음은 전란의 폐허 위에서 한 청
년이 다다른 말의 어떤 경지와 결코 다른 것이 아니다. 시
인은 젊은날로 돌아가 있다. 세상을 바라보는 눈은 어느
때보다도 밝으며 시의 말은 섬세함과 단아함을 한치도
잃지 않았다. 젊은날의 겸손에는 불안이 섞여 있었지만,
이 고희의 겸손 속에는 여유와 자신감이 있고, 그것이 어
떤 수식어로도 표현하기 어려운 빛이 되어 나타난다.

　　민영 시인은 시집 『流沙를 바라보며』에 수록한 시 「返
歌」에 이런 주석을 붙여두고 있었다. "1965년 8월에 쓴
시를 95년 12월에 다시 매만진다. '서른'의 나이가 '예순'
으로 바뀌었다. 세상은 많이 달라졌지만 그때 그 마음은
변함이 없다." 그러고 나서 10년 가까운 세월이 흘렀지
만, 그때 그 마음은 여전히 변함이 없을 것이다. 사람들
은 민영 시인을 흔히 작은 거인이라고 부른다. 작다는 것
은 그의 섬세함과 겸허함일 것이며 크다는 것은 거기서
펼쳐나는 힘일 것이다. 젊은날에는 까다롭고 모진 힘들

이 거대한 힘 하나를 포박하고 있었다. 이제 와서는 그 거대한 힘이 작고 공교롭고 섬세한 힘들을 끌어안고 있다. 민영 시인은 꿈에 그리던 무릉에 이르지 못하였지만 그 자신은 무릉 사람이 되었다. 그는 행복한 시인이다.

黃鉉産 | 문학평론가·고려대 불문과 교수

# 연보

**1934년** 음력 9월 6일, 강원도 철원군 월하리 10번지에서 부친 민준식(閔俊植)과 모친 나창훈(羅昌勳) 사이에 외아들로 태어남. 본명은 병하(丙夏).

**1937년** 3세 모친에게서 천자문을 배움. 부친의 부름을 받고 모친과 함께 만주 간도성 용정(龍井)으로 이주함.

**1939년** 5세 용정에서 화룡(和龍)으로 이사하여 명신(明新) 소학교에 입학. 해방 후 신민(新民) 소학교로 이름이 바뀜.

**1946년** 12세 5월 부친이 용정에서 사망. 6월 가산을 정리하고 모친과 함께 두만강을 건너 함경북도 무산(茂山)에 도착. 곧이어 청진(淸津)으로 갔다가 9월 고향으로 돌아옴. 철원 제3인민학교 5학년에 편입.

**1947년** 13세 3월 월남. 생활을 위해 명동에서 담배장사 시작함.

**1950년** 16세 4월 숭실중학교에 입학. 담임인 국어학자 이응호 선생을 만남. 한국전쟁 발발로 휴학. 이후 다시는 학교공부를 하지 못함. 12월 피난열차를 타고 부산으로 내려감.

**1951년** 17세 피난지에서 부두 노동, 신문팔이 등을 함.

**1952년** 18세 부산시청 회의실에서 열리는 '문예강좌'를 청강. 여기서 미당(未堂) 서정주(徐廷柱) 선생을 만남. 대한체신협회 인쇄부 해판공으로 취직. 6개월 후에 자유민보사 공무부로 옮김. 여기서 초정(草汀) 김상옥(金相沃) 선생을 만나고 선생의 소개로 시인 박재삼, 송영택, 천상병을 알게 됨.

**1953년** 19세 대한교과서 공무국 직원으로 입사. 김상옥 선생의 고향인 통영을 방문하고 삼천포에서 박재삼과 만남.

**1954년** 20세 회사를 따라 서울로 돌아옴. 어렸을 때의 고향 친구 임영무의 소개로 성균관대 학생 문인 김여정, 강계순, 윤병로 등을 만남.

**1956년** 22세 시인 구자운, 이성교 등을 만남. 건강이 악화되어 수복된 고향 철원으로 내려감.

**1957년** 23세 철원군 동송면 호적서기가 됨. 미당 서정주 선생의 추천으로 시 「동원(童願)」이 『현대문학』 9월호에 실림.

**1958년** 24세 병세가 호전되어 상경.

**1959년** 25세 시 「죽어가는 이들에게」가 『현대문학』 2월호에 추천됨. 「석장(石場)에서」가 『현대문학』 9월호에 추천되어 문단에 나옴.

**1960년** 26세 전후문학인협회에 가입. 11월 한경재(韓敬才)와 결혼.

**1961년** 27세 8월 맏아들 현빈(玄賓) 태어남.

**1963년** 29세 고된 노동으로 건강이 악화됨.

**1964년** 30세 4월 둘째 아들 경빈(景賓) 태어남.

**1967년** 33세 4월 맏딸 영빈(瑛賓, 일명 '들레') 태어남. 오랫동안 다니던 대한교과서를 사직하고 학원사 편집사원으로 입사해 백과사전부에서 근무함.

**1968년** 34세 주부생활부로 옮겨 기자가 됨.

**1971년** 37세 행방을 감춘 천상병 시인의 원고를 모아 시집 『새』를 내는 데 힘씀.

**1972년** 38세 첫시집 『단장(斷章)』(유진문화사) 간행.

**1973년** 39세 소설가 정인영과 함께 도서출판 창원사(創元社)를 창립.

**1974년** 40세 한때 서울에서 자취를 감춘 신경림(申庚林) 시인과 다시 만남. 자유실천문인협의회 회원이 됨.

**1976년** 42세 창원사를 그만두고 독서신문사 출판부장이 됨.

**1977년** 43세 독서신문사 사직, 계몽사 편집차장이 됨. 두번째 시집 『용인(龍仁) 지나는 길에』(창작과비평사) 간행.

**1978년** 44세 국민연합 서명사건으로 청량리 경찰서에 연행됨.

**1979년** 45세 7월 세계시인대회에서 '구속시인 석방'을 요구하며 단독 시위, 동부 경찰서에 구속됨. 10월 출판대행 금란사(金蘭社)를 창립하여 독립.

**1982년** 48세 번역서 『육일간(六日間)』(창작과비평사), 『태양 속의 사람들』(창작과비평사, 공역)을 간행.

**1983년** 49세 세번째 시집 『냉이를 캐며』(창원사) 간행. 이 시집으로 제2회 한국문학평론가협회상 수상. 번역서 『중국민화집』 1·2·3(창작과비평사) 간행.

**1984년** 50세 신경림·정희성·하종오 등과 민요연구회 창립.

**1985년** 51세 일본에서 열린 국제 펜대회 참석. 9월 모친 나창훈 여사 별세(향년 92세).

**1987년** 53세 네번째 시집 『엉겅퀴꽃』(창작과비평사) 간행. 자유실천 문인협의회 고문으로 추대됨.

**1988년** 54세 재일교포 시인 허남기의 『화승총의 노래』(동광출판사) 번역 간행. 11월 대만 여행, 그곳 문인들과 교류.

**1989년** 55세 민요연구회 회장이 됨. 설화집 『고구려 이야기』(창작과비평사) 간행.

**1990년** 56세 위인전기 『광개토왕』(삼성출판사) 간행. 5월 미국에 건너가 아리조나주의 인디언 거주 지역과 로스앤젤레스 등지를 돌아봄.

**1991년** 57세 다섯번째 시집 『바람 부는 날』(한길사) 간행. 이 시집으로 제6회 만해문학상 수상. 민족문학작가회의 부회장으로 추대됨. 창작과비평사에서 기획한 『한국현대대표시선』 1·2·3

권의 편집위원으로 위촉됨. 수필집『내 젊은날의 사랑은』(나루) 간행.

**1992년** 58세 10년 남짓 경영하던 금란사를 물려주고 전업작가의 길로 들어섬. 5월 두번째 미국 여행을 떠나서 뉴욕·워싱턴 등 동부 여러 도시를 돌아봄.

**1995년** 61세 민족문학작가회의 시분과위원장으로 피선. 전국 순회 시낭송회 개최. 이후 5년 동안 전주·청주·밀양·영동·제천 등지를 순회하며 재경 문인들과 지역에서 활동하는 시인들의 교류에 힘을 기울임.

**1996년** 62세 여섯번째 시집『유사(流沙)를 바라보며』(창작과비평사) 간행.

**1997년** 63세 설화집『고려 이야기』1·2(창작과비평사) 간행.

**1999년** 65세 수필집『나의 길』(동학사) 간행.

**2000년** 66세 민족문학작가회의 고문으로 추대됨.

**2001년** 67세 일곱번째 시집『해지기 전의 사랑』(시와시학사) 간행.

**2002년** 68세 『충무공 이순신』(창작과비평사) 간행.

**2003년** 69세 당시(唐詩) 번역서『비단 버선 신은 발이 밤새도록 시립니다』(동학사) 간행.

**2004년** 70세 월북 작가 상허(尙虛) 이태준(李泰俊) 선생의 탄생 100주년을 맞아 그의 문학비를 강원도 철원에 세움.

# 작품 출전

## 제1부

無依青山詩 / 그날이 오면(『斷章』 유진문화사 1972)

첫눈 / 이승과 저승 / 아내를 위한 자장가 / 靑蛾 / 바둑 엽서 / 五歌 /
道程記 / 늦겨울 바다 / 菊花/ 曠野에서 / 달빛 / 다시 曠野에서 / 斷
章 / 示威(『斷章』 유진문화사 1972;『龍仁 지나는 길에』 창작과비평사 1977)

별빛 / 풀빛 / 폭포 / 商調 / 답십리 1 / 病 / 滋雲에게 / 대조롱 터뜨리
기 / 龍仁 지나는 길에 / 비 오는 날 / 西埠頭에서 / 층계참에서 / 儀式
1 / 儀式 2 / 儀式 3 / 불빛 / 彗星 / 崩壞 / 訥喊(『龍仁 지나는 길에』 창작과
비평사 1977)

## 제2부

海碑 / 달밤 / 수유리 2 / 노래 1 / 무서운 집 / 냉이를 캐며 / 海歌 / 新
太平歌 / 四六歌 / 중랑천 1 / 중랑천 2 / 중랑천 3 / 내가 너만한 아이
였을 때 / 船艙에서 / 俗謠調 1 / 俗謠調 2 / 鎭魂歌 / 北에 사는 막돌
이에게(『냉이를 캐며』 창원사 1983; 『엉겅퀴꽃』 창작과비평사 1987)

凍天 / 수유리에서 / 봄눈 / 에오르스의 竪琴 / 바람歌 / 孔子의 개 /
가을 초혼가 / 供養花 / 작은 소나무 / 손금歌 / 부활절 / 엉겅퀴꽃 /
칠월 백중 / 장돌림 / 답십리 무당집 / 추석날 고향에 가서 / 우렁이를
먹으며 / 가을 소풍길 / 수정집에서(『엉겅퀴꽃』 창작과비평사 1987)

## 제3부

## 제4부

## 엮은이 소개


**황현산** 黃 鉉 産   1945년 전남 목포에서 태어났고, 고려대학교 불문과 와 동대학원을 졸업했으며, 「기욤 아뽈리네르의 『알코올』 연구」로 문학 박사 학위를 받았다. 저서로 『얼굴 없는 희망』『아뽈리네르 — '알코올' 의 시세계』『말과 시간의 깊이』『프랑스 19세기 문학』(공역)『라모의 조 카』(역서) 등이 있다. 현재 고려대 불문과 교수로 있다.

**정호승** 鄭 浩 承   1950년 대구에서 태어났고, 경희대 국문과와 동대학 원을 졸업했다. 1973년 대한일보 신춘문예에 시가, 1982년 조선일보 신 춘문예에 소설이 당선되었다. 시집으로 『슬픔이 기쁨에게』『서울의 예 수』『새벽 편지』『별들은 따뜻하다』『사랑하다가 죽어버려라』『외로우니 까 사람이다』『눈물이 나면 기차를 타라』『이 짧은 시간 동안』 등이 있다.

민영 시선집
# 달밤

초판 1쇄 발행/2004년 10월 20일
초판 2쇄 발행/2005년 6월 25일

지은이/민영
펴낸이/고세현
엮은이/황현산·정호승
편집/고형렬 김정혜 문경미 안병률 김영주
미술·조판/윤종윤 정효진 신혜원 한충현
펴낸곳/(주)창비
등록/1986년 8월 5일 제85호
주소/413-756 경기도 파주시 교하읍 문발리 513-11
전화/031-955-3333
팩시밀리/영업 031-955-3399 · 편집 031-955-3400
홈페이지/www.changbi.com
전자우편/literat@changbi.com